楊富閔

解嚴後臺灣囝仔心靈小史 2

我的媽媽欠栽培

增訂新版

獻給我的父親母親

謝謝你們讓我在充滿愛的環境中長大

推薦序

媽祖婆的點名簿

戲劇編導／游源鏗

對我而言，將一本散文書改編成為一齣歌劇，絕對是難得的挑戰。

二〇一七年，當臺北市立國樂團邀請我為他們編導一齣歌劇時，我立刻想到楊富閔的《我的媽媽欠栽培》，書中的人物，實在太鮮活了，大剌剌地穿越了不同世代在讀者面前行踏。那些乩童、八家將、宋江陣、文具行、宮廟儀軌、滅鼠文學獎、醉酒開刀的老醫師，當然，不可或缺的，就是「欠栽培」的萬能媽媽。

我深深覺得這群叫不出名字的鄉民們，才是臺灣社會的主角，於是選擇讓這些小人物成為歌劇中的主角，他們沒有可歌可泣的豐功偉業，也沒有冒險、犯難的驚險刺激，對一齣歌劇而言，這些角色實在是太不「轟轟烈烈」了。

還好這本書有一個「特異功能」，是讓人在看書的同時，也會想起「我媽媽的膝蓋，不知道好點了沒？」、「我那個國中死黨離婚以後日子不曉得過得如何？」、「老房子旁邊的龍眼樹應該開花了吧？」、「村裡那個密醫的美麗女兒不知道嫁去哪裡了？」……讓人重新關心起身邊的人，這幾乎是宮廟櫃架上「善書」的功能了。

於是，在寫劇本的過程中，除了原本書中的人物之外，我生命中的一些重要回憶也隨之疊影入戲，身邊的一些親友師長就跟著亂入劇中了，雖然與富閔的年紀隔了差不多一個世代，但我記憶中的親友卻能與原作中的角色相容並存，就像他們原本就是住隔壁的鄰居，這也說明了書中所描寫的這些人事時地物，並非只是書名所標示的「解嚴後」臺灣囝仔心靈小史，實際上，書中很多記憶與情感，穿越了不同的世代。

在決定這個題材之後，到大內去找富閔，希望能近距離呼吸一下這個即將成為劇中場景的庄頭。穿越阡陌農路街道巷弄校園神社市集祖厝，來到媽祖宮內，富閔指著「光明燈」上一格一格的祈福者姓名，「這個跟我同班」、「這個隔壁班」、「這個是學長」、「親戚」、「這個是老師」、「我在這裡」……幾乎都是在書中出現的人物。

我忽然理解，這本書不只是「善書」，這本書是「媽祖婆的點名簿」。

目錄

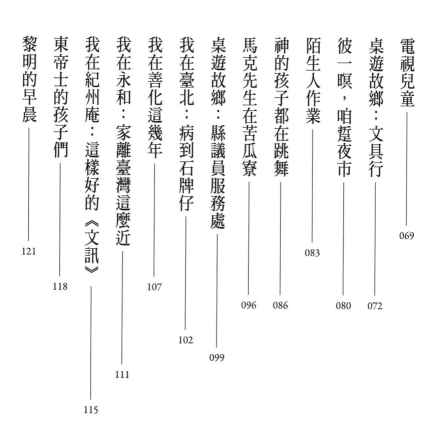

第二輯　家庭生活與保健副刊

寫作外一輯／Juppet繪

第一輯

遊子身上發熱衣

遊子身上發熱衣

漸漸地，離開臺南習慣先騎車至母親的單人工廠同她「拜別」，「拜別」這兩字未免太老派，但我實在喜歡，喜歡來讓她看幾眼——我要走了。這個春節母親初四就開工，印象中母親永遠身處工作現場：深夜加班、週末代班、市場打工、一日農婦、家庭代工、臨時工……

她常對我說：「你五歲送去讀念幼稚班後，我當天就吃頭路去了。」彷彿我害她少賺了五年錢，也是實話，實話還包括我是她剖腹生、哺乳、預防針、屎尿不假他人半日，純手工帶大的孩子，那亦是她短暫的家庭主婦生涯。

我今年二十五歲，母親臨時工生涯已邁入二十年整，我毫無勇氣開口問她還要做多久呢，一如我不確定將再熬念幾年的書。

母親任職的私人小工廠以電動刺繡為主，簡單說類似繡學號，差別在母親繡出的多是成衣用的圖騰，按訂單來源，電繡樣本殊異繁複。母親曾帶回繡壞的劣品給曾祖母補繡舊衣，記得是隻黑鳥，恰好適合素樸穿著的她；或給平日也忙於針備的外婆諸多繡品，讓她車在手套當造型：太陽花、海星、偽愛迪達、耐吉、草帽少女、花傘。種種是我嫘祖般的母親於電繡生產線上的一流藝術品，我童年的符號學。高中時代有次我嫌棄她從菜市場買回的廉價短袖，胸口竟有一隻假鱷魚，趕緊我到工廠精挑細選了一顆骷髏頭，回家用熨斗貼覆其上，覺得是街頭風，原本的冒牌貨瞬間成為嘻哈逸品，衣服現在我仍穿著。

九〇年代景氣蓬勃時，母親的工廠職員曾達十餘人，是鄉內許多中年婦女謀職的首選，離家近，下班還趕得上款晚頓、送孩子補習。二十坪的廠房機臺五六，機臺每座長約十公尺，機臺上又裝置二十五支刺繡車頭，那是榮景，近年大陸沿海市場開發，臺商外移，如今白天廠房內只剩母親獨身顧機臺兩座。慈母手中線，每當車頭亮紅燈，斷線與咬線，她便一手小剪刀，一手穿針引線。母親視力極佳，聽力卻因電繡噪音過大，長年造成的職業傷害我不敢評估，就像現在我置身於震耳欲聾的工作現場，拉大分貝對她說：「我欲去啊！妳有聽到沒？」「安怎？」「我欲來去啊——」

我是我們家唯一的遊子，父親小叔終生離不開阿嬤，大哥同為長不大的孩子，遂沒人教我北上求職讀書謀生術，不敢相信千人大家族皆留根臺南，臺北讓我變成一隻舉目無親的孤魂。

我的臺北經驗他們毫無興趣，母親話題永遠停在天氣：颱風、寒流、春節我日日都背心短褲四處跑，她看了很火大，母子乖隔於失溫始——即算將要北上我仍然薄外套，內搭短T，離家近十年，大度山冷霧，臺北凍雨已訓練我高抗寒耐力，臺南根本不冷，臺南簡直長夏。

母親陪我走到工廠外，眼前臺南丘陵地形，山無名，電塔鏈結電塔，還有無止盡荒地，田主人據說搬到臺南市很久，直覺告訴我這是廢村徵兆。

黑羊兩隻食草經過，有風起，冬日無疑。

「阮頭家娘飼的啦，一隻公仔，一隻母仔，過年前生兩隻羊仔囝，寒流來去乎寒死啊，攏埋在裡面。」

「喔。」

「你置臺北要穿卡燒耶。」

「麻啊、我可不可以抱妳一下？」

「你講安怎？」身後機臺轟轟然作響。

「抱一下啦——」

忍很久了，抱一下什麼時候成了高難度動作，家庭肢體語言有時親如情人，有時如特技表演。

「唉呦，大漢擱這呢三八！」
母親把我攬進身軀，貼緊緊，全身微溫、滾燙、沸騰，為此我也像穿了一件發熱衣。

驚生一九八七

也就是說、還好妳生了我。

母親二十歲決心嫁到眾親皆勸退的大內楊家時，她已懷有兩個月的身孕。瞞天過海娘家親屬，還沒出嫁，她就在體內偷偷藏了一隻成形的胎，擒胎提前入住新娘房、摸透了鄰居嬸婆叔公大排行。上自曾祖母、散居山區遠房親戚五十，她練就隨時能判斷出該喊小姑婆四阿叔大小舅公的能力。她少女是準備好的，在婚姻路上，始終有為人子的我無法悟透的行事風格。我和老兄後來不只都訕笑她先上車後補票，幾乎是笑歪嘴的說、媽，妳真急瘋了想嫁？嫁得比飛得還快。回想母親做楊家媳婦三十年，青春美貌、生涯規劃、通通不在歐巴桑計劃內，有時我都略感抱歉，想代替楊家祖宗問問她，妳後悔否？我們楊家到底是虧欠了妳啊。

當然值得後悔。否則為何人人都反對，母親後來告訴我，大姨老早叫車派人前來探聽楊家底細，埋伏半月之久，逢厝邊頭尾都問了一番。但母親鐵了心要嫁的個性：「你們大姨拿我沒轍。」（媽，妳也拿我沒轍。）母親常形容，她剛嫁過來以為我們家開旅社，說：「三層樓仔住了二十幾個人，有刺青手拿開山刀的、有醉昏三天三夜在二樓巷仔路沒人管的，還有會起乩的，這間厝親像沒人的。」後來我企圖勾勒一九八〇年代初期的楊家旅社，主持楊家大小的曾祖父猝逝、寡母阿嬤在家族分吃會議一路為欺壓到底、單親家庭出身的父親叔叔正步入社會、「烏魯木齊」朋友出沒頻繁：疾病、污穢、敗德與通緝犯。出身不算好的母親高職剛畢業，沒個性，共她們那時代許多臺南莊稼女孩相像，透過學校老師介紹先到當年仍為臺北縣泰山鄉的工廠當女工，夜半相約隆田火車站搭莒光號有伴北上找頭路。裁縫女工針織之路，不幸碰到一群愛哭的女兒，甫到臺北念家半暝楊楊米集體抱著哭，就母親適應得很，她說，大家都在哭，她沒哭也不好意思，結果整團揪著又連夜南下，重返臺南官田，外公問：「妳安怎轉來了？」她也只好說想厝，但我感覺母親沒認真想過人生下一站該到哪？透過姊妹淘介紹到善化北勢洲的水果罐頭工廠輪班，就此結識當時人剛從左營海軍退役、二十四歲、天天茫酥酥的父親。

母親共我說著這番話的同時，我正邀請她到臺北參加我獲得校園優秀青年的頒獎典禮，她鮮少關心我的課業，國小國中聯絡簿都讓我自己簽名，什麼家長座談會、畢業典禮，通通我自己的事，親像家裡沒大人。我邀請母親分享這份榮耀，順便揪來最難纏的大姨企圖打造一趟官田姊妹花遊臺北的旅程，沿路我心不在焉，飄飄然，這份幸福我想是假的。我帶領她們於冷雨臺北十一月，撐傘走遍百貨公司夜市與老街，像有揮霍不完的體力，飯店裡總愛說笑的大姨向我哭啼追加她們姊妹一九八〇年代的往事——關於母親與我兄與我的產事。

我深感抱歉的事。

母親進楊家門半年後轉入待產期，新科媳婦沒人管，產檢陣痛分娩與哀喊。一九八二年九月二十六，母親單人住進市區婦科醫院，加班父親隨後會合，大姨則從忙碌成衣市集抽身支援，折騰多時，滿身是汗的醫生宣佈「生門不開」，得需開刀。當年生產不過九千元上下，動刀要價五六萬，為此父親連夜追錢，連九十歲的曾祖母都掏出快六千。手術檯上的母親在疼痛中已分不清刺鼻的血腥、藥水又或臭酒氣，但她似乎可以察覺這刀路生澀、粗魯。她在麻醉中逐漸失去意識，她並不知道，濃度頗高的名酒也同時在麻痺醫生的視路。

產後，母親子宮內壁不斷血崩，整棟醫院資深資淺醫生全找不出源頭，剖腹後加護病房住上好幾夜，父親姨丈外公都搶來捐血，命是撿回來了，醫生一度還建議乾脆子宮拿掉，母親不願，（媽，我還沒來呢。）往後兩年月事來，都如水桶傾盆般盜血、再盜血！母親說她蹲在浴室常嚇到軟腳，血從哪裡來？四年五年過去，母親仍日日處在與經血失調的噩夢中，身體從此大壞，婦女病纏身，帶著一襲蒼白臉色長達三十年。

那後來怎麼好的？我問。

「因為你老母欲生你。」大姨說。

時值一九八六年前後，經血不再失控湧出，轉成日日腰痠痛與腹部腫疼，但母親憨膽對自己健康有信心，她決定冒著生命危險再拚一個孩子。由於頭胎慘痛經驗，大姨自此對父親感冒，對楊家有所怨言，不僅介入所有產檢、住院與坐月子物事，還安排母親至她信賴的臺南市忠義路葉婦產科。仍是開刀生的第二胎，胎中是正在成形的我，整整十月，我在母親肚中和她相處融洽，沒問題，一百分。她常掛嘴邊說的還有、那間與父親相戀的水果罐頭工廠在她大肚腹期間無預警倒閉，隔天千名員工工廠大門白布條黑墨筆跡寫著「狼心狗肺」、「血汗薪水」，母親在家閒著沒事也去湊熱鬧，好像《民眾日報》隔天地方版就刊出「孕婦也憤怒！」斗大字眼，印刷不清的歷史照片，我隱約看見母親頭綁布條、扯著喉嚨在嘶吼，後來母親老提醒我，還沒來到這世界人先上了街頭，很害怕長大會跟小舅一樣跟人家去抗議陳情衝拒馬，我笑答我在妳肚子內睡大頭覺呢。

我述說母親故事，同我老早等在這敗屋一角等她嫁入楊家。我是等投胎的新魂，已蟄伏屋心逐漸萎枯的透天厝久久。一九八七年解嚴前後，我等著，縱身躍入她淌血的子宮、浸泡在羊水血水混雜的子宮，時而好奇張眼，用剛成形的手，去拆解那鉤在母親子宮壁內的縫線。

答案於是揭曉。如果不是懷了我，有了二次動刀的機會，我們將無法解開那流了五年血水，竟是因為糊塗庸醫老眼昏花的手工縫線。也就是說，如果不是懷了我，母親不會記起一九八二年在醫院陣痛苦候出外應酬的醫生滿身醉氣歸來，仗著三分清醒手術衣也是穿上，才會知道、喔，原來當年母親的開刀口棉線出了狀況？是的，所以，如果不是懷了我，並且透過貴人葉醫師的高明刀術，就不會發現子宮內膜的縫線、去縫到了肉，那個傷口將隨著母親年歲增加可能病變感染，最後再度失血過多，休克急救或死亡。大姨已無法確切形容當年產房內的事，但她到底救了母親一命，我記在心底。

大姨說完母親生產史時已是午夜兩點，我才發現母親已睡得很熟，她沒個性，也不想聽，所有故事都起於她當年嫁得比飛得還快，二十四歲的我挽著她的手走在臺北街頭，費心共她介紹這座我逐漸適應的城市，展現我的活力與快活——我很好，她就好。追想二三十年來家族失序的情節，她是怎麼熬過來的？她如何在八〇年代挽回浪子父親的心而不至於為酒肉朋友牽扯、在九〇年代鍋鏟做刀劍，介入所有祖產分瓜爭到一間房子舒緩我們生活空間，而又是如何被我與老兄與父親給當傭人使用、辱罵、折磨——我記得相當清楚，國小六年級，我曾當著全家族數落她說：「妳這個痟查某。」

這是我第一次在母親面前領獎，不見她開心，大概她覺得我不夠資格，但母子之間的默契讓我有勇氣告訴她，還好妳是生了我，不是假話。可想著母親生我們兄弟倆竟差點連命都休掉，我還是感覺痛、並且深深歉疚了起來，畢竟母親是母親，也是人家的女兒。

機車母親

我想，妳還是留在家好了。

母親五十歲終於考取摩托車駕照那天，我走在黃昏車陣東海別墅同她通話道賀，聽她說眼都快瞎了，還邊顧車檯邊寫練習題，紅藍白色系路標與交警擺手示左示右圖如何折磨她：「歸庄頭，大概我分數上高吧。」我慶幸母親無照駕駛小鄉村長達三十年的紀錄可以了結，但想到來日她活動路線將出庄腳四界趴趴走，我還是開心不太起來，再說她前些年出了次車禍，理由是她車速給放太慢，綠燈過到路中央紅燈就亮了。聽到她駕照到手，我心底還是怕怕的。

母親是透過村內廣播器通報，就立馬決定要同鄉內許多外籍新娘集體報名駕照班。鄉公所且讓新臺灣媳婦以後接送小孩補習上課都能「有牌」，還提供了免費補習，夜夜七點圖書館盛請監理所講師密集授課一個月，在那坐滿母親她們媳婦圈術語稱「比較後來」的各國媳婦的大禮堂，後中年的母親儼然有班長架式，領導桌椅發落，還能協助語言隔閡、閱讀能力不佳的年輕媽媽解題。母親說：「考完在市場遇到，攏大聲喊我學姊，喊甲我足歹勢。」母親全勤獎，非法上路三十年已讓我們兄弟訕笑許久，她這回真是鐵了心要弄到手，即算我們兄弟還是頻頻虧她說：「媽，妳們這個有放水啦。」她氣憤道：「我筆試九十五，路考一次就過，你們兄弟都還有壓線。」圈地作路考考場，就選在老人康樂中心前水泥地，母親清楚路考大家都怕，她搶頭香應試，全程無壓線，平衡感一百分，秒數內漂亮抵達後，待考區的姊妹們，都不斷為她歡呼、拍噗仔。

她焦急拿駕照，一心出遠門，不想十字路口倉皇張望：「有警察仔沒？」多少是那些年行動不便的外婆單人住西庄，家離惠安宮早市仔還一段路，老拖鄰居買什，也讓女兒們難做人。從大內出發到西庄車程惟需二十分鐘，無駕照的母親卻無膽騎出夫家門，惟能早晚電話確認外婆食穿起居，反覆提醒——「落雨天毋通去院仔。」、「手橐仔代工趕煞沒？」、「彼摳人甘有寫批轉來討錢？」念國小的我當然知道，若能日日返西庄看外婆，母親鐵定會安心許多。「攏無行腳到，人不能太現實。」母親怨嘆父親經年看不起兩隻落拓舅舅敗光家顏，再怨他時間花在經營無謂友朋球聚，不願維繫親戚網絡，指望他送我們母子一程，總得先換給枚白眼。我怨懟父親對娘家疏離，縱曉他有自己的女婿心事，也無法靜心看待。記得我曾當面質問過父親：「你和叔叔兄弟倆，就有比阿舅們稱頭嗎？」

我漸漸同母親站成一國，像多數家裡生兩個孩子的，總有一個跟父親膩，一個與母親偎地緊。是孩子懼怕父母離異、一種斷尾求生？我很小就把自己繫屬於母親，在無數次婚姻拉警報時懂得看臉色，以防父母突然乖離，也有適時選邊站的能力。

從前假日父親固定率領他的球隊打遍臺南縣市壘球俱樂部，什麼文雅、塔塔加、市長鎮長盃。沒暝沒日加班的母親哪懂陪孩子，我常被扔在無人透天厝七八臺電視輪流看到日頭落山。有時我會假想母親提早下班，在她到家的四點五分、五點五分、六點二十五分，我便等在亭仔跤，一聽機車引擎聲傳來，趕緊藏匿樑柱後，再跑出來嚇她；而就算挨到母親放假，人生到底走不出大內的她，也只能騎車載我沿鄉境產業道路，繞曾文溪堤防、看土檨仔樹有乎人偷挽否。她最常說：「要不要去兜風？」兜風？用時速二十踅故鄉一圈，十分鐘就重抵家門口，非常窩囊。

我們母子倆多渴望出趟遠門啊，一个下晡也好。

也不真是那麼嫻淑乖巧，就壞在幾次母親騎出大內的經驗都不好。先在善化市場停紅線被拖吊，還遇到剪綹仔，掉了好幾千元，母親神色慌恐告誡：「毋通說媽媽錢袋仔拍無去啊！會被爸爸罵。」要不紅燈右轉驚覺違法，瞬間三百六十度大轉彎，被來車喇叭催逼；要不騎到半路，被路邊黑狗兄連鎖檳榔攤紅系旋轉號誌燈驚

母親日常動線：家庭、織廠、田地、廚房、後院、娘家。我要趕快努力，好迎她入住、享福在我一手打造的新厝！

得當場掉頭。更多閒暇時陣，我們花一整個上午掙扎，要出去嘛？會不會又搪著交通仔？無照駕駛罰多少錢？母子倆面面相覷，母親犯罪需要兒子鼓勵：「富閔，外公燜了茄荖蒜頭雞，陪媽媽作伙轉去吃？」哀兵口吻：「跟媽媽作伴好否？媽媽不敢一個人騎。」母親想違規轉娘家，我點頭搖頭都無法，她索性自暴自棄：「誰叫咱頇顢、無膽，在厝看電視吧。」母親說「咱」——我們。

記得有年母親與下班醉

歸的父親在冤家，我和老哥於三樓客廳玩任天堂瑪莉兄弟，樓下爭執聲眼看要蓋過遊戲音效，不斷拖垮我與老哥戰情、干擾我們的視聽。我隱約聽見母親憤說她要離家的氣話，但聞樓下機車引擎發動後，我手桿一扔小快步到三樓陽臺目送母親歐風黑系五十C.C.疾行騎去，可經驗告訴我——母親很快會折回，且會靦腆地說：「北勢洲橋頭，有警察仔佇咧聞。」警察如此勤勞？剛好都被妳碰到？且說，出了大內，老早跟高職同學斷了音訊二十年，沒朋友，只存一海票不生熟親戚、轉娘家又增添老人家操煩，母親，又能去哪呢？

有的，有那麼一次母親是真豁出去。一九九四年前後，她從紡織工廠、同為西庄女兒的C阿姨口中得知，當時飾演中視六點半劇場《火中蓮》的人氣小生王識賢要到隆田國小會影迷，現場還有園遊會、農產品市集。明星午訪臺南小鄉村，母親全身熱起來。其時，王識賢已唱紅〈雙人枕頭〉、〈雪中紅〉，戲劇版圖正在拓展，在《火中蓮》飾演拯救淪落妓戶苦海的小雛妓楊貴媚，一時成為姑嫂嬸姨們追逐的話題人物。那天母親載著我，口罩安全帽，包得像要去陳情。跟在C阿姨的車後頭，迴避所有交警系統，從省道切官田渡子頭、再切瓦窯庄，路線很精，最後雄雄自隆田火車站附近軍營竄出來，不遠處即是花圈花籃臺南縣官田鄉隆田國民小學。

我對園遊會與王識賢沒興趣，母親為了安撫我，先在校門口流動攤販挑了隻斜插稻草桿上的蕃茄糖葫蘆，還弄巧口吻，問我要不要氣球、玩一局保齡球連線彈珠檯？然C阿姨不斷呼喊要卡位，我們三人遂奔跑在那兩邊跑道盡是紅白帳棚的小學操場。母親緊牽著我死命往司令臺前茫茫人海鑽，C阿姨且瞇著笑眼說、王識賢要出來了。我在無數肉腿間，貪咬那黏牙古早味糖食，連舞臺在哪裡都看不清楚。此時，〈雪中紅〉的前奏，業已隨著前臺尖叫進落來了。我記不得真親睹了一線小生王識賢？卻被母親與C阿姨兩人手拉手嘆喊：「真的好緣頭喔」、「我心都怦怦跳」的表情給嚇歪了。那樣的母親讓我感覺陌生異常，我似乎以為她背叛了我們一家：我、老哥與父親。用現代話說，是精神外遇了嗎？我發抖幻想媽媽要愛上別人了？天啊，以後王識賢說不定就能開車送她回娘家了，尤其當母親與C阿姨扯長脖子，作陶醉貌，不停發出少婦讚賞：人緣投、唱歌擱好聽、又會演戲，佐以搖擺雙手作波浪狀，我想我生氣了，扯著母親衣襬說：「我、要、回、家。」

唉，我想，妳是不是留在家，別亂跑，比較好呢？

新手上路，母親現在天天說出門就出門，免瞧他人眼色，自己橫衝直撞，很野，可我心底依舊怕怕的，像那天她電話裡說：「我每天下午攏去山上鄉一間很有名的齒科抹牙齒，昨天咬模子，下禮拜要作齒了。」我說：「那裡是工業區很多卡車，為什麼不叫阿爸、哥哥載？」或是：「我現在最遠可以騎到麻豆新樓醫院。」我心想著，麻豆阿蘭碗粿路口如百慕達三角洲，妳也敢騎？外加近日阿嬤妯娌輪流吃，又有外傭看護，少了婆婆作路障，一逮到時間，車發動就轉娘家去。前車籃先給市場買的薏仁湯、浴拖汗衫、菜燕與封肉擠到變形，後車廂再塞爆一週量的野蔬，兩邊把手懸掛全雞全鴨，與拜拜用金銀紙和四菓後，車身竟還能保持平衡。全無心於我說已超載、很危險、會被抓的碎碎唸不停。五十二歲的西庄女兒，對娘家萌生一種費解的補償心情。她安全帽放腳踏板，逆著當年出嫁路線，流露我未曾見過的自信神色，像笑著對這個一九八七年生留大內楊家的兒子Say Goodbye，一次又一次，再見。我想，我該練習與她拉遠距離，她畢竟有說走就走的權力。於是，也只能嘗試學著、把母親還乎娘家，把自己留給——以後的臺南。

我的媽媽欠栽培

老鼠史

四十九年次的母親屬鼠，她的人生是一部老鼠史。

正值更年期的她焦慮對我傾訴三樓天篷家鼠蹦蹦跳不停，神明廳到曬衣陽臺瀰漫老鼠屎味卻遲遲不見鼠影，我勸她下放二樓我的房宮以求好眠，她話鋒一轉怨嘆起三十年前初嫁時新娘房即漏水、嫁妝枕被兩天內老鼠啃精光，髒亂灶腳住著一名她口中的老鼠亂源——衛生不好的阿嬤——母親隨即說：「住到哪裡，老鼠仔跟到哪裡，真正氣死。」

我聽了心中老鼠吱吱笑，不懷好意地發誓要為她寫一篇老鼠史。

也是，母親趕上五六〇年代巷尾街頭大興的全民滅鼠運動，其時各地鄉公所都在巡迴講座，村里長提供「吃免驚」老鼠藥劑。我在翻看早年的《聯合報》、《中華日報》時，副刊主題徵文競則叫「我與老鼠」，大驚原來滅鼠也有文學獎。

滅鼠風吹進了校園，隆田國小舉行師生防疫週，母親但聞滅鼠能換錢，二話不說捲起袖口，還吆喝大姨大小舅來組團隊。

臺南官田小女孩的打工初體驗，讓她功課不寫，開始厝前屋後忙著「下老鼠」。水溝菜櫥灶腳尾，佈下無數鼠夾與鼠籠，美勞很好的母親乾脆自己挖洞作陷阱。每天早起聽吱吱鼠叫如錢在叫，可不是，母親抓的都是排泄最惡臭的「錢鼠」。錢鼠一尾尾託外公利刃剪斷老鼠尾，就這樣一把粽子棉線捆住的老鼠尾放書包，連跑帶笑到訓導處衛生組領取防疫獎金，小小年紀就發了筆老鼠財。

「所以這是報應。」母親說。我們住的老屋屋齡已逾五十，從前設計不良的管線通路如今都成了老鼠快速道路。窮散夫家意外讓母親有機會大展幼年時的滅鼠身手，母親聽聲辨位，循老鼠糞便路線佈下老鼠黏、毒飼料和無數只勾掛半條臭酸香腸的鏽鼠籠——熱點都在排水孔、門縫樓梯口，最夯處阿嬤眠床邊，幾次我回家爬上阿嬤床鋪看她老人家，都差點誤觸滅鼠機關，天啊，這房屋太危險了！

「所以我買一棟新的給妳，會不會比較快？」

想著母親父親將退休，近日一個病入筋骨疼痛、一個病入躁鬱失眠，是時候換個居住環境，我話卻哽在喉頭不敢說出。

我膽小如鼠，我才是最大顆的老鼠屎，像聽見母親還補一刀說：「你有錢你去買啊！」

賣麵家

被我抓到了。

母親又被我抓到偷偷去打工。她是一回在大內臨時市場翻挑蔬果「款拜拜」時，因為俐落手腳，以及和頭家阿莎力、盈盈笑臉的交易過程，被隔壁豆菜麵老闆相中，隨即力邀她至麵攤來湊腳手。那豆菜麵攤可是臨時市場內最具全國知名度的攤位，同臺灣各地特色小吃皆有電視採訪，披掛明星店家留影、新聞剪報，大內豆菜麵也不例外。

豆菜麵，我們習慣喊它大麵，習慣一手透明塑膠袋抓把十元麵量當早餐，再淋特製蒜頭醬油，年仔節日不到正午鐵定賣到斷麵，像清明我們都喜歡潤餅內搭大麵，時常天未亮攤位即忙壞了頭，長期不足人手。

母親後中年被重量級攤位挖角，人子的我尚未察覺這對歐巴桑而言是多巨大的肯定，聽聞消息只管笑她愛錢，假日也不願收手地撈起來賺。

沒日夜加班，放客廳浴室髒亂不堪，母親曾是一路模範生讀上來的我口中挑剔、嫌棄的懶媳婦。

超時工作，兩手腕又經年貼膏藥，她哪懂放鬆，近年我鼓勵她跟人群接觸，培養娛樂生活，誰料到初登場會是在需要大量與人互動的市仔。母親一時曝光度暴增，她說她要紅了。

可我印象中的母親對錢極不敏感、極散漫，天天找錢包、手機、鑰匙。磅秤指針搖搖晃晃，遠視如果算錯斤兩、記錯錢怎麼辦？莫非在家被使喚慣，才默默養出做生意地好脾性，母親沒有脾性。所以母親是欠栽培的女人。職業婦女，日日準時上市場，五點半始她張羅一家七口早頓，飛梭魚肉乾糧雜貨攤，七點後洗衫曬衣送我坐校車，趕八點打卡。母親最後在她頻繁出沒的地段被發掘，也是理所當然。

我卻不敢想像母親麵攤找零，大筷夾麵秤斤、澆灑辣醬的畫面。市場太複雜了，滿坑谷早起餓肚、而平時就熟識的婆婆媽媽眼中，母親對外該如何解釋她的行徑？莫非家庭財務出了狀況？我們楊家開基至今還未出過生意仔呢！從前纏母親上市場，誰想過會在最愛的豆菜麵攤遇見了她。我是遇見了她，那已不知是母親第幾回抓緊休假到麵攤打工，回返臺南的我難得早起同她說將去探班，可當我走向再熟悉不過的市仔口，喧囂聲底，老遠見母親麵攤內外小熊圍裙忙得昏頭轉向，一時食慾全無，掉頭走人。

「就是去幫忙，加減賺，娛樂生活啊。」母親像犯錯。

我以為我無法接受的是累壞身體的母親，實則母親拋頭露面，她有自理生活的能力，看她笑得燦爛、老練口吻與人客交手，我吃醋至極。

吃醋地又何只是我。記得媽祖誕辰前，已無薪假期半月餘的母親灶腳料理午餐，客廳電話急急響起。父親起身接過電話，癱在沙發看電視的我順手拿起遙控器調降電視音量。

那陣子在考慮退休的父親說：「找誰？你好、你好。」

灶腳母親為我們父子煎蘿蔔糕，可能冰箱翻找著蒜頭，調製特製蒜頭醬油，油煙味飄到前頭。

父親眉鎖，曲曲折折說：「可能沒法度喔，她這陣子手骨不太爽快，骨科看好一陣子了。」

我很快意識到是麵攤來電，母親賺錢機會又來了。

似乎陷入長長死寂，正午日頭公曬柏油馬路，有起鍋逼剝聲響。

父親懊惱神情，慢慢地，他靦腆地說：「不過，阮某今仔日沒置厝。」

也是小熊圍裙造型，母親拿碗筷到客廳，像婢女。

我把電視音量轉大，伸懶腰。這一次，是父親決定把母親留在家裡。

蜈蚣陣

三冬一科臺南麻豆代天府遶境，多年來母親與我習慣前晚先駐紮官田外婆家，隔日再與大內出發的父親重逢中山路保安宮等看王爺出巡。父親是混宮廟長大的囝仔，他特愛馬匹上黑顏池府王爺乩，對於觀察各地宮廟出多少頂轎子來會香，再從中闡釋出一套神與神、地方與地方的盤撋故事最是專精。

父親滿口廟會經，他內行看門道，我與母親只懂怕鞭炮，摀耳躲到保安宮邊小巷，吳小兒科騎樓，要不乾脆溜去逛麻豆市仔、三商百貨。

那年頭麻豆水崛頭仍是等待開挖的舊港址，樹邊堆滿傳說用來「敗地理」的石輪，真理與致遠與麥當勞正陸續進駐，三皇三家一杯浮冰綠茶和舒適的二樓臨窗座位，才是我們母子倆的最佳去處。

只有蜈蚣陣才能引起我們母子倆興趣，飲料擱著，下樓小跑步去鑽蜈蚣腳。長達一里的蜈蚣陣緩行中山路，蜈蚣走過的地方說能驅厄、避邪與鎮煞。蜈蚣陣迷人處在於蜈蚣坐駕盡是一群七歲、八歲或更幼齒的仙童。他們扮演中國說部人物，唐太宗，魏徵，還是程咬金。他們身穿寬鬆戲衣，一人一謝籃，沿路分送喜糖吉餅，怕熱有安裝碎花小陽傘避日頭，父母親都蜈蚣腳邊跟著走，想尿尿便趕緊孩抱去民宅借廁所，也有那遶境睡整路，歪躺神椅口水直直流，殺盡無數快門，太可愛了！如果當神很無聊，從前我還目睹過仙童埋頭玩GameBoy，現在大概就是i-Pad、智慧型手機了。

念黎明時，幾個來自佳里鎮、學甲鎮的同學，五六歲都曾榮登蜈蚣藝陣：佳里金唐殿百零八人搭成的世界第一蜈蚣、學甲上白礁人力蜈蚣車，皆有過他們喬裝大人的身影。

聽說報名蜈蚣陣的囝仔好育飼，有表演有保庇。

聽說蜈蚣尾扮唐太宗的仙童，得通過神明欽選，更有蜈蚣陣不給肖雞參與的傳聞。

鑽蜈蚣腳能分添祥氣，我們母子從蜈蚣頭鑽到蜈蚣尾，氣喘噓噓。

因為是母親緊牽我的手，滿身大汗陪我完成的祈福儀式，蜈蚣陣遂成了我最心愛的民俗陣頭。

今年我想拉母親的手去鑽蜈蚣腳，更年期的母親如果喊累，就挑幾個重要的仙童打繞，或乾脆等在最熟悉的保安宮就好。

我想像鑼鼓、鞭炮聲轟炸中山大路。

我們煙霧裡將蹲低身子，穿前跑後，看上去也像一對逃難的母子。

欠栽培

「媽媽，今天有沒有八卦？」

不知何時開始固定打電話給她，這是我們開場的第一句話，日常的瑣碎的無聊事，通常講幾分鐘就掛掉，如果發現當天話題有發展潛力，她就會說：「你等一下，我打給你，比較便宜。」不外乎婚喪喜慶紅白包、阿嬤的近況、妹妹又長高多少，有時她會分享一下讀我文章的簡單看法。我報紙的專欄是星期四，透清早她即衝到「賣報紙仔」買一份回家，戴上老花眼鏡配豆漿饅頭啃讀起來，然後幫我細細剪報成冊。我對她示愛的文章她會自己買單，但寫到阿嬤衛生習慣不好啊、大舅出事等，她就會意思一下提醒我。她其實讀不太懂什麼桌遊故鄉，二爺爺、亭仔腳啦，倒是跟我說：「寫文章也是會累，回家我燉補給你顧一下頭殼。」話中充滿了母親的理解與寬容，她在乎我的身心狀況勝過一切，才不管我做不做猛男、優秀青年哩！

這幾年發生很多事，阿嬤走後，不得不承認母親終於可以歇喘。我想帶母親出去玩，她人生沒出過臺灣島，五十頭歲的她生活空乏。有天不經意聽到她說日子過得無聊，我心底非常罪惡。最近注意到她言談漏字、對人容易失去耐心，我想像與她更年有關，也與封閉在死氣沉沉庄腳所在有關。我多想同她分享多少姑姑阿姨精心安排中年生活，她們讓四五十歲的自己保持青春美麗，對生活充滿想像力，然我已不在臺南，大哥父親是木訥古意的人，表現關心的方式是大小聲傷害，越愛越傷害。同時我也才注意到身邊多的是為賺錢、家庭，歸年透冬除接送孩子上下補習班外便離不開鄉下、特喜愛穿兒女學生時代運動服當家居服、且國中或高職畢業後，就沒再認識過半位新朋友的歐巴桑們，這就是母親中年晚年的生活？我得想辦法，讓母親接下來三四十年過得人人稱羨，都讚「好命」才行。

為阿嬤守喪期間，男性長輩銷聲匿跡，我再度見識到母親一流的交際手腕、統合內外務的能力：瑣碎至牲禮的擺盤、庫錢的金額、樂隊的人數；龐大至金錢出入、複雜人際交陪，母親一出手完全沒問題。母親欠栽培，記得我小學時代的美勞作業都是她完成的，她還為我的水墨畫題字，才知除了會抓老鼠，國中時期也是班上書法才女，她的字畫連導師都珍藏哩！我沒有遺傳到她寫字天分，倒是我們都擅長注意別人的小動作：什麼姑婆偷放兩千元在阿嬤枕頭下、回家才致電通知阿嬤；

家住高雄的親戚某某頭戴假髮，懷疑在化療等等，這些小動作眉眉角角對寫作大概很有幫助。

母親嫁至千人大家族，她練就一身察言觀色的特異功能，語言天分尤其懾人，不時會有類似現代詩奇想。比如有年家中浴室燈管壞了，空間一熄著一亮著，母親就說「這親像一臺歹去的大電視」；她到臺北，看見三十層樓高的公寓大樓不點鄉下常見的白色日光燈，一格格都亮著光線柔和鵝黃燈色，她竟然說：「你們臺北人都喜歡在家點光明燈喔！」我覺得效果又精準又驚人；母親也曾站在家門的騎樓，手指歸排樓仔厝對我說：「這裡每戶故事都不一樣，每戶裡面每個人的故事也不一樣。」包括聊八卦、小動作在內，處處都是她賜予我關於文學的隱喻，靈感的源頭。

所以我們都有一個做什麼事都行的老母；都有一個欠栽培的媽媽，她們為家庭犧牲，放棄理想，將自己與一只莫名神主牌綑綁，用盡二十年時間相夫教子，然後……然後不要再寫再想了。我寫了這麼多文章，最大體認即是我要做的比寫的多，用行動證明一切。

最近因為書名的緣故，又特地致電臺南徵詢母親的同意。

「不是號作《為阿嬤做傻事》，真好啊，你爸爸也真甲意，你阿嬤一定足感心——有靈有赦，你看、你一邊寫為阿嬤做傻事，一邊為阿嬤辦後事，攏註定好好啦。」母親總是妙語如珠。

「擱有一本啦。」

「蝦米，你欲出兩本?!是當時寫好也？」

「我嘛無知影，慢慢啊寫，日也寫、暝也寫，就寫兩本啊——」

「書名號做啥？」

「叫做、叫做……《我的媽媽欠栽培》，不知道妳同意沒，卡使不同意，我會立刻換掉。」越講速度越快。

接著不等母親回答，我搶先一步臉紅起來。從六月阿嬤離世、不對，應該是四年前到臺北讀書、也不對，該是早在我上幼稚園頭一天，從早哭到晚，為此讓母親不得不放棄工作親自在家帶我。小學我又每天裝病，學校通知她來接我，怪哉看到母親肚子就不痛了，至今我還記得她淡淡說了句：「媽媽全勤獎金沒了。」；或是六年的私校通勤生涯，當我的鬧鐘，冬天跟我一起五點半暗濛濛起床……

日子變化快速，情緒沒有出路，該找時間痛哭，想到母親開始加夜班，覺得自己無用，阿嬤不在了，失序的生活需要重整，心頭亂成一坨鐵絲球，突然我哽咽起來。

母親跟著手忙腳亂：「有什麼好哭，出書好代誌啊！」

母親放低聲量地問：「出兩本錢有卡濟冇？」

我點頭說有。

「很好啊！」分貝突然加大。母親說：「阿弟，書名我很喜歡，做你去出！因為媽媽本來就是欠栽培啊！」

停雲

電視影像搖搖晃晃來到了衛生棉，雲狀視覺設計，防外漏與貼合身詞彙團團湧入我的小耳，下午三點客廳只留男孩與廣告：曾祖母剛洗完碗上二樓去、阿嬤還放在田裡、母親沒下班，男孩忖度天色、快下西北雨了嗎？快跑到後院收衣。

南國偏鄉曬衣場，男孩頭頂密佈的烏雲、悶熱的意象、蒸騰的語句，這將來的雨勢讓人擔心起阿嬤可有農舍躲雨？母親千萬別冒雨回家煮飯。

我想像每一個解嚴後男孩心中都有段母親與停雲的故事：停雲前陪她逛街買貼身衣物、看月事生理症頭，無心撞見地換衣場景，在等待她電頭毛、下鬈子的時間，冷氣開放的美容院內，小心翼翼翻讀一本本封面女體衣著清涼、肢幹彎折大開本雜誌，記得常是《獨家報導》、《翡翠週刊》……

十幾年過後，男孩長成男人，現只剩雲一朵孤停在空中，南風吹它不動，像有話對我說。

更年

升大四那年的暑假特別難熬，孤單大度山巔，日日我七點從東海別墅口搭乘五十分鐘臺中客運到火車站，邊吃早餐邊走向地下道，再從復興路口鼠竄而出，至大圳溝邊的水泥大樓上研究所英文。那年夏天陽光尤其憂鬱，我感覺自己就快被流放到社會了，現實世界裡一無是處，彷彿將尾隨多年來我所不甘願的父親、老兄步履，進入同間工廠過同樣的輪班生活，最後全家都穿同款工作服。

也是那年夏天，幾個朋友的母親接連病逝，我從未想像過失去母親的日子，才漸漸注意到母親竟然已五十，注意到她日夜乾咳、健忘、睡很多的症狀。三天兩頭我催促病識感很低的她就醫，初始她愛理不理，直至乖乖問診，並電話同我回報說沒問題、只是更年期，我又上網搜尋二手醫訊加強督促。我尚未作好心理準備迎接更年的母親，不是昨天？還在超級市場與她保持距離、鬧脾氣，只因母親怕我走失，執意拉我去逛內衣專櫃、衛生棉特賣區。

有日研究所英文課程結束，沒頭沒腦滂沱午後雷陣雨，我趕緊躲入地下甬道，邊走邊收傘，眼前一瞎子算命老遠拐杖對我揮舞說：「少年仔，你跟你老母緣分很薄。」我本要快步走過，但他一察覺我腳步放緩，逮住時機繼續描容：「你老母身體虛，要注意，你跟你老母一樣瘦，腸子攏無好。」

感覺運氣壞透，大白天撞到鬼。不過一張造勢活動塑膠椅，折疊桌，跳蚤市場的龜殼與香爐嘛，可「緣分薄」三字精準擊打心頭，我多麼害怕失去母親，卻不想承認瞎子的話，不明白自己為何動怒，還用手機將攤位給拍下來。

母親確實步入更年時期，五十年來為人女、人妻、人媳、人母，我似乎看見她正惶恐跌行入晚年，頻頻調頭以無助眼神望向年輕的丈夫、襁褓的兒子，如今亦有一無是處的錯覺：婆婆已送看護，兒子當兵、外地求學，看上去閒暇的日子終於來到了，卻發現沒有朋友沒有嗜好。母親對社會俗事冷漠無感，為家庭磨光個性，日子活得毫無情緒。

讓我們把日子活得有情緒，一起失眠、焦慮、易怒、神經質到底……

原來母親更年期症頭，也會同時出現在兒子的身體。

比如白天母親荒郊野外獨棟一人鐵皮針線小工廠當女工，我騎車去看她，發現出入口才一個，通道堆滿七彩線筒，心想火燒起來怎麼辦？鄉間不時有醉漢暴露狂，若真看準母親下手，蕉園柚園山腳邊，又有誰能聽見母親的求救？

或母親工作路線經過水土保持山坡地，那坡地曾在納莉風災、八八風災時整面唰地滑落，轟天巨響差點活埋路過老農。梅雨季、夏日颱風季來臨，我就開始擔心她騎車上班不妥當，打電話勒令父親接送，屢屢告勸母親退休；我更擔心她摩托車輪胎磨平易滑，擔心無蓋排水溝滿溢的雨水，遠視、散光又不配眼鏡的母親，真能看清路在哪裡？

擔心所有離奇社會案件的主角，都可能是我糊塗的阿母。擔心母子緣分將盡，不時訓話口吻要她準時到衛生所作抹片檢查、驗血驗尿驗糞便，急著拉她早起爬梅嶺、猴山、新化農場，作很多次全身健檢。

幸福家庭養出的乖孩子，使我的安全感極度不足。強迫症般同母親述說：「楊太太，妳五十幾、更年期了，給我卡保重一點。」結果楊太太情緒上來反唇：「這位兒子，我覺得你很奇怪，囉哩囉嗦，親像查某人，我看你才是更年期！」

兩地楓紅事

終於在犬山明治村遇見滿坑谷的楓葉，同行朋友紛紛發出讚嘆聲，好美，我下意識拿出相機捕捉，其中一棵提早轉紅的楓樹吸住我的目光，恰巧旁邊停了臺老式遊園車，連車身也是咖啡紅，構圖如外婆家牆壁的月曆風景畫，我瞬間想到妳。其時低溫十度，我的心情遲遲上不來，這趟新秋乍訪名古屋的學術交流，三萬英尺機艙我還掛記著臺灣的事，會有什麼事？上飛機前工作都交代，電話全回了，我欠缺的從來都是份閒暇的心情，不是嗎？

楓葉將越來越紅，我們來太早，但運氣並不壞，朋友說。而我緊握手中的熱飲，想像這片難以抗拒的豔紅，金與黃與橘的混搭，躲不掉的、大規模漸層的紅，連回飯店的地鐵都是棗紅色車廂。

撥臺灣的電話已經兩天不通。

妳偷偷去驗血的事還是被我知道了，包括妳看不懂驗血報告，小鎮醫生妳一間間低聲詢問，為此我跟著罪惡起來。我在離妳天邊遠的楓葉城，想像高血壓、頭暈目眩的妳騎著橄欖綠機車於寒風疾行，電話剛掛斷我腦袋拚命擠出些字句：妳要放鬆、要早睡、要請假在家。思路秀逗，凍雨讓我心神木然，異國楓樹季節有名想念媽媽的兒子。

十八歲離家，我最放不下心的就是妳，主要我對妳生活能力缺乏信心，對其他家人更失去耐心。每次妳決心騎車我立刻禱告，現代性經驗嚴重失能，對機器也過敏，什麼水電填表、手機設定向來由我獨攬，工作上妳是毫無退休金的臨時女工、連上街頭抗議的資格都沒有，二十二歲結婚後停止學習。妳沒有朋友，兒子丈夫過於獨立。病識感太低，是我開始注意到妳乾咳，瘋似上網搜尋二手醫療知識，自行診斷妳躍升更年期女性，騎車押妳進醫院全心想助妳度過情緒的風寒。妳不懂得寵愛自己，我卻不斷跟妳分享全身的華衣名鞋，要妳知道我過得好極，妳一身菜市場牌，路上撞衫從不以為意。

當妳兒子是我這輩子最大福報，曾經我也是親妳、抱妳、開口閉口便是愛妳的男孩，但我尚未有心理準備會失去妳。偷偷告訴妳，失眠時我從不數羊，我習慣唸經，自己發明的心經、六字箴言，漆黑房宮眠床上我犯精神病症數著咒語，我且跟菩薩討價還價，唸經前講明今晚念經所得全歸給家人，特別迴向給妳，保佑妳行車安全、身體無恙。

妳臉色無楓紅般的血氣久矣。

妳說過我很有佛緣。

逐漸我也才懂得打電話回家，不像大學時代為了討錢、單純說些話。個性神經兮兮的我，害怕深夜響起的鈴聲，害怕講電話像聽遺言。與妳連線那天寒流剛走，初見名古屋城的天藍楓紅，總算生出旅遊的興致，其時妳已頭暈、血壓直飆了吧，我努力向妳描述楓紅色澤，謊報氣溫比臺灣低半度，心想如果帶妳來該有多好呢，妳不出門亦久矣，歐巴桑兼宅女。十八歲我離開臺南，日日急著把妳帶出門獻寶，次次妳搖頭都說不願意。

我想像妳平躺小鎮設備不足的診間，吊無所謂的點滴，吃降血壓便藥，間接我又得知原來腎功能稍微故障，我的腰際竟跟著痠痛起來。當妳兒子定是我這輩子的福報，如果妳過得不好，我又有什麼資格過太好。

多年來妳日子侷限於小坪數客廳、廚房，廟口與市場，當妳形容起身如廁天旋地轉，主要眼睛先冒紅光金星，然後黑幕遮眼似趕緊扶牆而走，我有不好的預感，異地旅館哪裡去不得，我只好唸經當安眠曲求鎮定。

瞳孔滿佈血絲，嘴唇乾裂出血。

我也需要放鬆、早睡，夢裡帶妳去撿滿地楓落、看滿天楓紅。

關於桌子，以及《小花甲日記》

桌墊面相學

我喜歡觀察桌墊，桌墊是人的另一張臉。

從前客廳有一張老式的辦公桌，鐵的、鏽的，猜想是老家民國六十幾年落成添購的家具，只可惜我家幾代不生坐辦公桌的命，印象中桌上堆滿雜物，黑斑流汁的芒果、剛寄到水費電費，《民眾日報》與《國語周刊》。辦公桌右下方還有一保險箱，曾收過一本父親結成的集郵冊、幾本軍中日記，集郵冊後來為我家一食客給盜走，日記則已資源回收。辦公桌面平擺一大片透明玻璃，是為了給母親做電繡手工——電桶充電，電筆熱度夠了便開始在繡滿各式新奇符號布料描圖，那亦是母親的寫作，她以一枝電筆養活我們全家。透明玻璃下方以一片保護視力草原綠襯底，像靜止海底世界，不規則歪著阿公年輕的照片、父親左營服海軍役、站船艦舞旗語的獨照，臨時筆記的電話號碼、不及整理的名片、多年前出遊家族合照、層層疊疊也像一靜音一定格的動畫。其實越凌亂的桌面越深得我心，只因其中定藏有關於一家庭個人的、集體的秘密，桌墊下時間感是混亂的，記憶是扁平的。

我曾以為一戶完整的家便該有張像樣的桌子，通常是辦公桌，約下午四點多，桌前坐著家中念小學的男生，屁股長蟲、分心寫回家功課，手邊有杯放學途中買的泡沫綠茶，他會接到來自母親通知加班的電話、一個人等待黃昏的到來，因客廳角度西曬，屋內泛浮著芒果色的光；桌子面對大門，遂有一點守衛、掌櫃的效果。我想像坐鎮除了桌上一尊坐臥彌勒、貼黏一塊五十硬幣計算機，壽險公司相贈的筆筒、有蓋方形便條紙……而那坐在桌前，提筆、檢閱來客的男孩即是我。

距指考剩一月餘，高三，基本上我呈半放棄狀，我已寫了太多考卷、繳太多補習費，對答案的生活令人反胃。彼時數位相機剛流行，校規尚不及義界為違禁品，日日我在教室如鑑識人員拍照，拍高三的樣子——我發現同學桌面如鏡面精準折射指考生的心緒：流行文化、單字片語、數學公式，倒數計時的日子、無數的字條……是個人的也是集體的。

我的桌墊分掉一半面積放了張孫燕姿新專輯預購傳單，然後是張空白的課表，心肺復甦術的合格證照大概有強心效力，曾經我的桌墊也像食物擺盤、講究配置，色塊都得注意，後來只剩一張字條寫了砥礪心志的句子，句子典出補教名師立航數學口頭禪，十七歲最後的喊話，亦是我對往後人生的盼語、什麼呢？——千言萬語化作一句，請加油！

桌遊小史

該如何具體說明電腦扭轉、革掉了屬於影音一代的觀看形式，我發現回顧大富翁從「紙上桌遊」升級成「遊戲軟體」是一相當不錯的例子——場景該是、我需要一臺舊式的電腦螢幕，笨重的、米白色機身；我需要一個小男生九十度坐姿並且掌控滑鼠，他的後方站立至少三個以上鄰居玩伴，各個對螢幕窸窣，是的，他們正在玩大富翁，他們圍聚一起，將視線看向螢幕中進行的電腦遊戲，我以為那是一時代的觀看方式——保留玩紙上大富翁就該桌前聚攏如圍爐的舊習，電腦大富翁讓人產生一種全新的肢體語言：暫時的、過渡的，轉型中的，人群會很快解散因連線時代很快來臨——讓我想起初始用筆記型電腦，我還渴望外接一鍵盤、或明明坐式馬桶卻堅持蹲著使用——電腦大富翁讓你我不再以紙鈔面交，也沒了抽取機會命運練手感，它且自動幫你投資與蓋屋，滑鼠與ENTER會是一種想像出來的十八啦。

也有角色扮演，孫小美被恰北北的鄰居選走，錢夫人相當勢利眼大家都不挑，金貝貝很可愛卻有暴力傾向，烏咪喜歡安裝定時炸彈轟爆我，我通常分配到阿土伯的腳色，汗衫與斗笠造型的田轎仔，是大家挑剩的、非自願的，電腦上他們說是我、那只好是我了。

《小花甲日記》

至今我仍沒有一張慣用的書桌，寫作是一種因地制宜，坐下、深呼吸，搭配一杯美而美早餐店的大冰奶當精力湯，就得以敲敲打打準備遶境了。

偏愛的桌款是一張四百元的折疊桌，通常你會在麵攤看見它，桌面是簡單浮水花印，它也會出現在擺放香案的騎樓，是我心中最理想的書桌，我房間就有一張折疊桌。二〇〇五年隻身臺中讀書後，我在大內已沒有自己的房間，起因三樓天花板嚴重損壞，加上我勸告父母親搬至我的房間，每次回大內我遂生活在二樓客廳如流動攤販、攤開折疊桌，將自己殼縮在一不影響走動的位置。晚上和大哥睡，大嫂來時我和父母共枕，感覺像回到小時候。

我二十四小時都在折疊桌前工作，無數的稿件、郵件，等待回覆的電話，出發臺北便將它收起平整靠牆邊，夠低調，便宜以及輕巧，感覺以後還能攜至行天宮地下道算塔羅，也得以相贈，我想像這世界有更多學童缺乏一張像樣的書桌，哪像我什麼都有。

我的第一張學生書桌要價兩千八百塊，是我跟母親盧來的，很任性，那個暑假我的鄰居紛紛擁有了個人書桌，而我要升上小學六年級，成績突然退得很快——那個暑假於我生命有重大意義，那是一九九九年，我所有噩夢都發生在一九九九年的七八月，陽光毒辣的南國偏鄉，連白日夢都充滿恨意，害怕面對、卻沒勇氣傾訴於你；也是那個暑假，我開始寫作，天天躲在冷氣房將電視看到的日本卡通轉化成自己的創作，從早到晚看〈爆走兄弟〉以及〈美少女戰士〉，最後寫出了卡通合體版，什麼小豪愛上月光仙子，冥王星戰士有一臺急速眼鏡蛇、燕尾服蒙面俠最愛大蜘蛛……我知道那將是小學最後一個暑假，六月底就替自己設計一張行事曆，發憤要充實生活兩個月滿，同時我開始寫日記，雖只短短寫了二十幾天。

捧讀那個暑假的日記，讓人珍愛不已。那時我不懂創作，不知出版，只因愛寫而寫，我喜歡那樣的文字，日記中的我都在串鄰居的門子，也常去小鎮圖書館看《威利在哪裡》、《愛的小小百科》以及互抄暑假作業；或玩紙上大富翁與大老二、正午時分買一塊六十元的空白錄音帶，提一臺收音機跑到楊家古厝，以為能捕

捉到靈界的聲音；下午就和鄰居組單車隊沿曾文溪鬼吼鬼叫，記得和一個歐巴桑大吵，因她說我擋到她的路，我很冤，我咒罵她；一九九九年那個暑假，每天規定自己得寫一上午的字，我有時稱作寫字、有時稱作創作，沒達成進度便感覺自己太混，然後三兩天頭陪阿嬤、舅公、姨婆去看壞掉的腳、時時注意曾祖母有沒有在呼吸。我喜歡那樣單純的自己，不懂創作，不知出版，我的日記字寫得潦草，讀之卻仍感受那個暑假的高溫，心情有三分喜悅，那是寫作最美好的狀態，我想分享其中一篇給您，因日記無名，我稱它《小花甲日記》。

7/20星期一（晴天）

早上很無聊跟隔壁的小弟弟玩了不久就去看寶寶[1]生的小狗狗但旁邊和附近就撒了一大堆石灰我就問嬸嬸她說有蛇跑進去住家所以十嬸婆和瓦斯美和叔公祖就去做防備順便清掃附近聽說是小隻的但是有小隻就有大隻所以我也叫奶奶在後面撒了一些中午舅公打電話來叫我們去捉魚我就和爺奶去二重溪[2]捉魚二嬸婆[3]得烏腳病不能走動三嬸婆就在那邊閒的沒事做跟奶奶閒聊我就和大麥町（烏龍）[4]玩回家後我就回房寫賽車[5]然後看上帝三度來瘋狂然後吃肉圓[6]和博勳去學校玩晚上看了小丸子後媽媽說要讓哥哥念書就沒來房間做手工了[7]

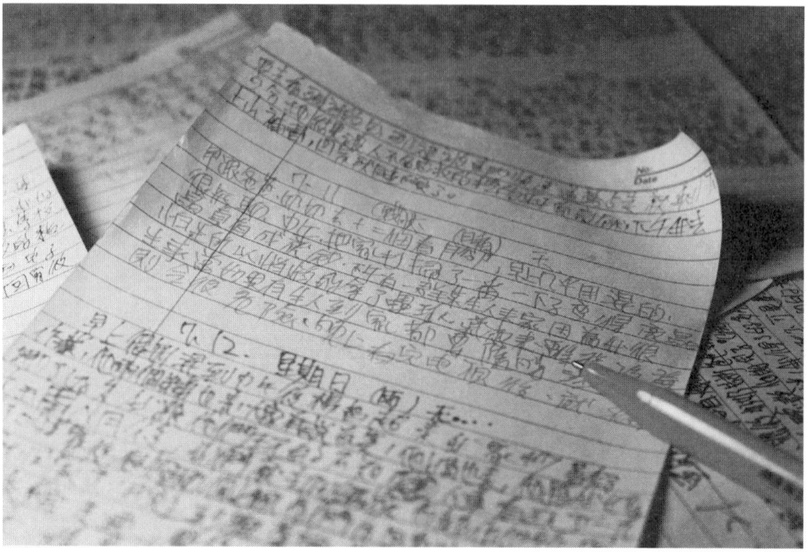

我喜歡一九九九年暑假著迷寫日記的自己：勇敢、自律、並努力生活。那個夏天我才滿十二歲，發生很多事。

晚上看完超級變3r就睡覺了。

我素來偏食作家日記，不十分專業的讀法，特愛找尋日記文字中普通生活蛛絲馬跡，日記是生命的藝術，是一種史料、還能砥礪心志。吳新榮的日記就很好看，看太平洋戰爭他在日記本設計防空壕構造、寫菜單、帳目、讀書進度表，讓我想起文具行販售的日式手帳本；看《蘇雪林日記》我一直留心她住進東寧路教師宿舍後，究竟在南方府城植種了哪些熱帶菓子？有一張蘇雪林身著短上衣、紅磚牆前手執一拐杖的照片，牆後冒生數朵黃蟬，搭上慈藹笑顏，看了實在喜歡，讓我想起印象中很多住臺南市的阿嬤即是那個樣子。

所以我喜歡那年暑假愛寫日記的自己，我但願我往後的創作都能保有這份初心，因愛寫而寫。

《小花甲日記》註釋：

①我家附近一隻虎皮狗，養在一株白蓮霧樹下，很瘋癲，發情的季節，我們也常一群人躲在附近看寶寶與無數公狗交配。

②即現今臺南市大內區曲溪二溪的總稱，那也是阿嬤的娘家，不知為何日記裡的阿嬤都變成了奶奶。

③所有的嬸婆都是錯字，舅公的妻子我應稱作「妗婆」。

④當我年幼，〈一〇一忠狗〉十分流行，知道內山舅公竟養了一隻大麥町，我覺得不可思議。

⑤賽車，即卡通〈爆走兄弟〉自創版。

⑥原來那個暑假的飲食如此複雜，除了肉圓，還發現全家都愛吃野味：炸蟋蟀、雞肉絲菇、螺肉、野兔肉……

⑦我的學生書桌同樣以玻璃墊取代軟式桌墊，因母親晚上八點會繼續做電繡手工，那是她的另一個工作現場，亦是我心中母親形象的典型。

我的小學教育

如果細心留意，大概這十年走來，我們的小學母校都賀慶著創校一百年。一百年的概念是什麼？一百年是足以養成一女孩成為女人瑞、足以讓我在明治時期看見《漢文臺灣日日新報》報端對前身為「大內公學校」之原始地貌描述從「每日牛馬車運載踐踏。漸就凸凹不堪。此次經風雨後泥濘沒脛數十處。行旅苦之。」、來到今日成為多數實習老師眼中的迷你校園、森林教室、風光明媚尚且願意待至退休的芒果山城。此刻我就置身一百年教育史地方史的現場，特殊時間點上，不得不重新量估起關於母校、一座偏鄉小學校於我的生命史意義。在母校未因學生數不足、終成滅校名單之前。

我也才意識到，關於一鄉鎮現存制度完善的小學校，不包括分佈內山地區的分校分班——喔、父親那住環湖村的換帖，有一與我同歲數的兒子，畢業典禮幾乎囊括縣長鄉長村長獎，因畢業人數僅三名，當年只領一個獎的我完全被比下來，那還是九〇年代，嗚頭國小今已廢校——一百年來，它讓我親證近代教育體制之引進如何收束一鄉鎮人際關係於一知識體，簡單說，從日治到戰後、從日語到國語，從〈君が代〉到「三民主義」，多少大內子弟來到山腳完備義務教育、儲蓄基本視事能力。像那躺在墳場埋的、市場叫賣鵝鴨豬肉的、鄉公所打字阿姨與藏身破屋的累犯男毒梟、路上恍惚的、樓上瘋癲的、天上作夢的，一世世代代在地人啊，他們全是我的學長姊，我的學弟妹。

這麼聯想，心中自有一份喜悅，而我實是一惜情的孩子。一次回家，看到小學圍牆死沉沉垂掛一徵收百年老照片的紅布條，便衝動大方提供平時由我保管的家族相片，其中一張是姑姑的小學畢業照。那種動輒千人齊整排列、髮型與制服一致的團體照，極典型，若要尋人還得使用放大鏡，你知道的——後來我的人生每遇到類似場合，通常在大陸交流，總會躲到最後一排，在攝影師準備按下快門一瞬間立刻蹲下來。姑姑蹲在第一排，挨擠在相片最右端，不小心會掉出了鏡頭，我是一眼找到她，她皺眉頭歪、白衣黑裙、臉色凝重，大概當時剛喪父，那是民國五十六年，祖父剛溺死於曾文溪。

除了認出姑姑，照片背景的校舍，前後已不知歷經幾次翻修，植滿椰林的校園空間見得出殖民地的風味，比較引起我注意的是第一排的師長席，當年任教姑姑的老師，多是戰後初期經師院培訓而出、應急的語文教師，三十年過去她們還是我的老師。比如我國小一到三年級的導師年紀便跟我阿嬤同齡，她也教過我的小叔。我念一年級時，有天阿嬤誤會我為了同大哥搶看電視，將遙控器藏到書包，特地到學校搜查。早自修的走廊外，阿嬤跟導師剛好碰了面，我坐在教室緊張地探頭，看她們兩人體型相像、姊妹姿態整整說了逾半小時的話，該不會講我的壞話吧？教室內一片喧嘩。我猜想阿嬤在替我講述家庭背景，她是我小學時期緊急聯絡人之一；我猜想阿嬤也在跟導師傾述她自己的心事。平平作為女人，為什麼在她們身上我看到兩種相距疏遠的身世樣態？從前我最喜歡說、阿嬤為什麼妳不到學校當我的老師呢！阿嬤據傳是日治大內公學校算術科天才少女，珠算能力可是遙遙領先上課的日本先生。那天過後，導師從此特別關愛我，私下送我彩色筆、筆記本，並保送我去念競爭激烈、彼時仍得抽籤的私立黎明中學，她是我另一個阿嬤，我生命中第一個恩人。

是的，我來到大內國小、恰趕上臺灣師培體制轉型，第一批流浪教師湧現，而資深教師紛紛辦理退休的九〇年代。其時校園內許多夫妻檔教師，平均年齡達六十，那也是極典型臺灣校園教職員組合，是真正的「老」師。他們住離學校不遠，或乾脆在校園內日式宿舍養老，因數十年資，幾乎一鄉鎮都散居他們的人脈弟子，老師地位十分崇高；他們也都剛當上阿公阿嬤，每一個小學生遂像他們的孫仔，培養我後來人生與老歲仔易於打成一片之個性。當我年幼，我感覺學校是一座純天然大宅院，路上遇到汗衫短褲、拖鞋打扮的老師，對比方才司令臺嚴格訓斥的形象，突然現身市場人擠人買祭祀用雞鴨的師長們，可以說師生平等、師生在一鄉鎮共享單調的家常。我家隔壁開理髮店，是國小老師最常光顧的名店，我從小懼怕老師，為此嚇得不敢出門。想來我也是居住四處有國語數學老師出沒的小鄉鎮，這算不算一種軟性監視？

提到監視，三年級時，與我阿嬤年紀相仿的導師，安排了一學習頗遲緩的男學生和我同坐，指派我當小老師。男學生理一大光頭，叫做楊振亞，無論制服運動服，都喜歡搭配一雙白色長襪子作造型。平日我陪他複誦九九乘法、抄寫聯絡簿，成為老師家長之間的另類橋樑，那也是我成績漸漸起色的一年。我無法判斷楊振亞是否智能偏弱，因他除成績不佳，生活能力完全良善，即便後來進了啟智班，並快速遺忘我們一年多的情誼，我仍感覺基本上他沒問題——楊振亞國語社會成績遲遲上不來，自然我不拿手，只好爛一起，倒有次數學測驗因一模一樣考題，我們放棄午休在教室惡補，生吞活吞把整張題目複印在腦袋。那次楊振亞分數九十八，發卷的下課一夥流氓立刻圈攏過來質疑、恥笑，我沒有及時保護，我不夠勇敢只因同樣我也被流氓欺負三年久，楊振亞不反抗已是一種習慣，我也在習慣他的習慣，流氓煙散前撂下狠話要找人K我。我有沒有被K並不重要，倒記得楊振亞到福利社買了罐阿薩姆奶茶說當答謝禮，我是羞愧地不敢多看他一眼。這幾年，高溫長夏的午後，我有時遇到他騎一臺改裝的摩托車，速度約三十，搖頭晃腦在路上哼不知名調子。我不知道他有否升學，當兵了嗎？在哪裡工作？打招呼他認識嗎？問候與問號許多時候是同義詞，我唯一有把握的答案是——楊振亞看上去比我快樂很多。

關於我的小學教育，還想告訴你，我也是一名早讀的孩子。

在我求學與發育並進的讀書生涯中，我的學號永遠是男生最後一位，排在我後頭的女生生日完整大我一歲，高度超過兩粒頭，那亦是年紀與性別區分的死角，我身處在年紀與性別的邊界。幾乎像匆忙衝進教室的遲到生、被迫成長與學習，我在骨骼牙齒內臟尚未健全生成的七歲半，日日忍著胃痛、丟鉛球、開始跑大隊接力。我的健康檢查數字永遠不合格，最最害怕體育課。早讀如何影響我的生心理、生涯規劃、寫作與思索，早讀是一輩子的問題，效力發散至今而我不自知。記得在一次習慣做操跑步、隨後甲乙兩班打躲避球的遊戲中，我感受來自身體與性別的挫敗，那定與早讀有關。早讀形塑我凡事急於追趕之個性，造我成為一不輕易認輸的囝仔。我且是一多病瘦弱的班長、喊口令、管理秩序，還沒青春期變聲喉嚨即倒嗓，嚴以律己同時嚴以待人。我還是臺南縣模範生，早讀更讓我成為場上最擅於閃躲快速球之懦弱男孩。

事情是這樣——記得那天賽事緊張，下課鐘聲已響、兩班戰情膠著，對方大將在場內向我方展開夾攻，我隊男丁一一掛彩，直至場中剩下我一人Solo，喧鬧呼喊聲中，場外圍觀除了上課同學，還包括下午打掃時間、層層疊起的低年級學童，與一批觀戰好事的老師們。初始我因躲掉七八顆快速球獲得掌聲，掌聲如雷貫耳：「真難纏！帥！」、「好會躲啊！英雄！」可眼前到了下課時間，放學心情又蠢蠢欲動，偏鄉公車就要駛到校門口了吧？同學開始臉露不耐，我心中緊張，是我的錯嗎？不趕快被球擊中就像礙到大家的放學，該怎麼辦呢？於是你便目睹一纖細男孩將球場當成命案現場發出高分貝尖叫、動作如鄉公所水溝消毒而紛紛逃出之鼠輩蟑螂：「怕什麼，把球接起來啊！」、「班長好丟臉喔！」、「卒仔！慢球也不敢接！」是在怕什麼？我也不明白，我羞憤地就快哭出來。最後是在體育老師暗示、在遵守比賽規則前提下，對方打算以一慢速高飛球讓我拖球了事。我心想、太瞧不起人了吧！於是鼓起勇氣，白眼瞪著高飛球自天空拋物線向我撲簌簌下墜，沒見過如此大粒的淚珠！結果我又驚恐地逆著球的方向小跑步逃去，唉呦、饒過我吧！大概我已置身一座舞臺，逼得自己終於被球K中屁股那個瞬間，明明也不疼痛，還是很矯情地慢動作、唉呦了一聲，像完整演完一齣小丑戲碼，大家也都鬆了好大一口氣。

早讀最後更讓我變成第一個抵達教室的好學生。通常早上六點五十，薄霧下的一百年老學校，操場上晨間運動男男女女還未清場。我第一個到校寫黑板生字、第一個繳交聯絡簿、第一個拿起竹掃把衝去清理那已成了樹王公、就像國泰人壽造型的雀榕落葉……揮之不去之落後感與焦慮感生出我的人品——我好急，急於發育卻無法發育，急於扛起一家重擔卻忘了自己小學畢業不到三十公斤。

這也才讓我更明白，為什麼每天下午一放學，我喜歡騎腳踏車經後門來到一百年榕樹下。那據說植於創校初期的榕樹廣場，曾是我年輕祖父練習國術的地方，日治時期原址附近有一荒地，亦曾是小學生比賽摔角的所在；那也是民國八十幾年，父親棒球隊的集訓地點。坐在腳踏車，一手撐著樹幹是我最喜歡的姿勢，樹幹邊有一現已罕見的企鵝垃圾桶，隨地可見鋁箔包飲料，傍晚飛出了小黑蚊，叮得我滿腿紅豆冰棒狀。我的身世如一塊緊繫於樹王公的大紅布，上面還印有八仙圖騰。其時日落正停在曾文溪方向、日頭光灑在紅土跑道。我環視幾分鐘前學童嬉鬧與廣播訓導的老學校，空空蕩蕩，尚存餘熱似、鼻頭突然為臭火焦給吸引，眼光循氣味向更遠處探索而去——

是垃圾場，是當年跳崖般、日日蹬進如隕石擊落而成的天然垃圾場，至少埋有三層樓深的回收物，捉迷藏縮在坑內也不感覺髒。我躲到不知天日，直至黃昏校工放火，再趕緊從起煙的坑洞與無數野生動物倉皇逃出——記得放火的校工是一外省老兵，每天放學時間固定燒落葉、燒淘汰出的跛腳課桌椅、無數國編館教科書、檔案公文，其濃煙團團會往內山平埔族聚落飄去。我藏在垃圾堆中偷偷抬頭、呼吸漫迷空氣中的臭火焦味，想像濃煙在天空與燒開水、款晚餐民宅的長囪白煙捲成不規則霧狀，其中一忙碌於燒開水的是我阿嬤，多像她要對我述說的密語，寫在雲朵對話框內——你快回來啊、我不能等了。空靜地五點多地小學校，我是放學滯留未歸的偏鄉小孩，沒人將來接我；我也是提前一晚到校讀書的模範生；我更是不願也不敢長大的延畢校友，其中是否就有天天酒瘋醉倒路邊的失業男、深夜開著電動車沿路哭嚎女病患、鎮日打坐狀等在菜市場口的據說是親戚……那些學長姊學弟妹們我認識，學校育我們成一現代人，我們之不夠現代亦自學校始。

我們都是愛讀書的孩子，你也是。學期初開心備妥了各科筆記本，一冊冊新到的教科書散出的紙香最迷人，回家仔仔細細將它穿上哈比書套，讓人癡迷地是隨書套贈送的貼紙日課表，內容藏有一逸離國編館的科目系統正向我揮手：什麼「團康」、「說話」、「家長時間」，那些不存在偏鄉課程範疇之新奇符碼，讓我為之瘋狂規劃自己理想課表應該要是——

<table>
<tr><th></th><th>星期一</th><th>星期二</th><th>星期三</th><th>星期四</th><th>星期五</th><th>星期六</th></tr>
<tr><td colspan="6">晨讀掃地時間
1 請在降山嵐時緊急集合；在霧中騎竹掃帚如西拉雅族新上任巫婆
2 升旗時間歡唱卡拉OK</td><td rowspan="4">戶外教學——認識宮廟與公廨；搭訕阿公阿嬤做口述；寫生或者攝影時間</td></tr>
<tr><td>1</td><td>國語</td><td>國語</td><td>英語</td><td>自然／植物</td><td>社會</td></tr>
<tr><td>2</td><td>國語</td><td>靜態寫作（語文）</td><td>圖書館實習</td><td>自然／動物</td><td>社會（社區探索）</td></tr>
<tr><td>3</td><td>邏輯</td><td>動態寫作（實務演練）
春天：
？
秋天：
！</td><td>圖書館實習</td><td>國語</td><td>數學</td></tr>
<tr><td colspan="6">午餐午休時間：
（歡迎同學打包菜尾，夏天透南風可多睡三分鐘）</td></tr>
<tr><td>4</td><td>說話課（國語）吃點心</td><td>說話課（英語）吃點心</td><td rowspan="3">提前回家幫阿公阿嬤收水果（生活與倫理）</td><td>視聽與唱遊</td><td>說話課（母語）吃點心</td></tr>
<tr><td>5</td><td>美勞（罰鄉長夫人煮點心）</td><td>繪畫</td><td>視聽與體操／藝陣</td><td>健康教育（在衛生所上課）</td></tr>
<tr><td>6</td><td>課輔時間</td><td>說夢</td><td>課輔時間</td><td></td></tr>
</table>

結構日課表一如結構小學知識水泥鋼筋——什麼樣的課表亦諭示你將擁有什麼樣的人生。其時學校也是一座大工地，四處盡是結界般的封鎖線——當我來到大內國小、那是民國八十二年，恰恰趕上日式校舍早積累一定鬼怪傳說，且正淹沒於與木麻黃樹齊高荒草堆中、而新式教學樓址網似牽起七彩小旗等待動工破土兩時間端點。現下大內國小學校後山那座日式神社，起建一九三八年，那也是臺灣全面日本化皇民化的年代，早前公學校入學卒業寫真背景即是這座校廟合一之神社，出征南洋的大內軍伕亦得至此參拜。我念小學，神社尚未出土，附近一棟日式建築、一間三合院皆有人居住，我能感覺神社在我手指之處，鳥居與石燈湮滅在草叢內——我能看見臺階與拜殿，還有沿丘陵生出的木麻黃森林，林梢歇一隻隨時得以叼走我瘦弱身軀的大黑鳥，那不是烏鴉，是喜鵲。我知道神社有天終會被發現，就像現在我站在出土整修的原址，像踩踏到新生兒的心跳、聽見聲腔奇異朗朗讀書聲。我手邊有一張七十年前攝於神社的卒業照，我想像其中一個學童即是我的伯公和姑婆。照片中昔日滿坑滿谷木麻黃林已不復見，現在我頭頂一顆太陽，心上浮出一方陰影。我的心中新生有一片木麻黃林，那是歷史的教育的，也是我的你的。

一百年的概念還可以是什麼?自暮色小學校走出，沿牆、往不遠處朝天宮下午市集廟埕散步去吧，腳程大概五分鐘，這也是我的放學路線，曾經我一個人走、成群結隊鬧著走，現在又一個人了。至廟口，廣播適時大作，提醒村民今天有賣北平烤鴨、什錦菜一盒三十。拾級入新蓋的大廟，拖鞋如果不防滑，得小心西北雨後積水之大理石磚——怎麼平易近人媽祖廟會鋪出不合人性的階梯惡整老人呢？心怨著、迅速登入廟腹，在天井處檀香氤氳中停了下來，眼前顯出一面大牆，牆上掛滿叮噹聲響的許願小木板，擋住了我，清清楚楚給我一道難關，這是考驗了。吾廟不奉文昌帝君，一切公私事全權交給媽祖娘，就著正殿日光燈，一條條祈求我精讀了起來。有什麼事比公開內心語言、誠懇說出心中盼望來得令人振奮？這小學、中學生文字透明地驚人，檀香嬝繞的廟殿，我如置身仙界，仙界氤氳讓你視而不見，神明視而不見，而我撥雲破霧，努力觸摸現實觸摸幻滅，努力盯視如小學生視力檢查，這一群小我十多歲的學弟妹們到底都想些什麼？

> 我想考臺南一中，念成功大學，離家比較近，媽祖婆婆保佑。六乙楊書偉

> 希望家人身體健康，爸爸不要喝酒，媽媽騎車上班小心。三甲張秉宏

> 希望阿公今年的芒果豐收，可是也不要收太多，價錢會不好。五甲楊麒宏

我升上國中會好好讀書，讓我考上國立的曾文農工，幫家裡省錢。六甲楊志韋

請求媽祖婆保佑我阿嬤趕快好起來。三乙蘇美惠

從黃昏讀到天黑，香氣概有振神效力，歪曲字體中我讀出一鄉鎮孩童的心靈語言，其中亦有我年幼難以兌現的孱弱小夢，現在它寫在別人心願板上，那會是另一個我？我讀出一鄉鎮之落後，同時是讀出一鄉鎮之遠景。我想像人類學家都該緊急蒐集許願小木板，孩童木木然的盼望，折射出地無疑是一鄉鎮發達落後之事實，那更是貧困與落後之證據，勾勒出一空屋、一荒地與一廢墟之未來圖像，木板上的文字實與控訴無異。我滿頭大汗，再無法吞下一字一語，逃出了廟門，心中有一分悲傷。當我平靜，重新勾畫心中這座一百年母校，它是量化研究中之山城小學校、串聯以資源不足與交通不便與停止升學等關鍵詞彙，織組改裝我的原鄉想像，一百年其實是讓我更加明白故鄉本是心靈原鄉——**故鄉更是偏鄉**。

我們。

讓我們一起排路隊！我是路隊長！偕伴走在放學歸途也像國慶日、運動會大遊行，騎樓看熱鬧的阿公阿嬤快跟上來，只因你們是我的學長姊，我是你們的學弟

妹。我們途經小診所、農藥行、紅茶亭、寫真館，理髮廳、安親班……你看我，我看你。這支不分年齡大內國小一百年隊伍，目測人龍已延伸至曾文溪橋頭，一百年得以培育出多少學生？他們都去了哪裡？就如同文章初始我述說的、別輕易忘記

——偏鄉也是我們的回家功課，一生的作業。

重看照片，才發現當年攝者堂姊早為我費心構圖、細心取景，讓我看見了「我」。

電視兒童

〈黃金傳奇〉、〈異言堂〉、〈大社會〉、〈臺灣全紀錄〉、〈小燕WINDOWS〉……

我是個不折不扣的電視兒童，被第四臺餵養長成的解嚴後世代，然我的電視兒童時代止停於國中前，此後因晚自習、假日輔導、歷屆撥接網路、寬頻無線，YouTube……再沒有完整的二十四小時觀賞我親挑細選的節目。現在吃飯配各臺說法不一的新聞、宵夜搭談話性節目，漸漸像電視在看我，非我看電視。

以前啊，記得以前電視右上角有粒號誌燈，以年齡區分保護、輔導、限制級，我對那藍黃紅燈嚴重過敏，只因我也渴望有家長陪同收看〈臺灣靈異事件〉、〈臺灣變色龍〉，但他們並不在家，沒人控管我閱聽口味的下場，致使電視看得極雜亂，大量感官資訊孵育我的美感神經，我也才懂得自己並不喜歡卡通、氣象、歷史劇，心中擘劃屬於自己的第四臺選單，那通常與臺灣文史地理相關，不知分由我小學時代以臺灣為名節目如菇菌增生：〈寶島鬥陣行〉、〈勇闖美麗島〉、〈臺灣念真情〉一定看，當時陳鴻與美鳳姊才開始下鄉，老街亦尚未如今日庸俗不耐，貼滿瓜哥憲哥董哥的合影。我在電視機前面跟隨〈黃金傳奇〉在鹿港老街遊戲闖關，介入臺灣電視本土化而不自知，每週四晚上守著衛視中文臺跟隨李興文的〈臺灣探險隊〉去溯溪攀岩、去黑色奇萊，它讓我長出另一隻眼睛，那正是九〇年代，同時間我也迷上一部叫〈親恩情未了〉的港劇，每週五就為了等那兩小時，演的是一名不被了解的母親，出獄後尋回四散骨肉的故事，記得演員有鍾漢良鄭秀文，全家只有讀小學三年級的我在看，為此還放棄同家人出門逛善化夜市，孤單躲在房間盯著我的小螢幕。

小螢幕！曾經我擁有一臺小螢幕，父親尾牙獎品，路邊的麵攤水果攤你可以看見它，天線奇長，收訊不佳。我的小螢幕擺放在衣櫥上，那些年一家四口常躲在小坪數看小螢幕，第四臺頻道只能收到三十五，我就在那三十五臺內組構拼裝自己的童年電視史，放學躲在房間挨度午後時光，電視如玩具以聲音以影像陪伴我，而我在垃圾資訊中理出問題意識，判斷節目優劣，甚至在腦袋策畫節目流程，幻想自己是外景節目主持人，搭訕路邊耕作的農婦，和老阿公蹲田埂、坐廟口，下棋話家常。

靈異節目是我的特殊癖好，週六晚上十一點固定是〈穿梭陰陽界〉、〈神出鬼沒〉、〈膽大包天〉……也曾全家收看觀落陰節目，坐在客廳跟隨法師搖鈴而身體前後搖擺，像搭乘地獄遊覽車行過忘林溪、奈何橋。我最早是跟母親看〈玫瑰之夜·鬼話連篇〉，它的片頭先是一陣響雷，而後一片亂葬崗上東倒西歪無數十字架，同時隔壁房間的小叔也在收看，隔天我們常互說鬼故事，補充因驚嚇過度而疏忽的情節，然後再對靈異照片層層解剖，隨之我會翻出所有出遊相簿檢驗，一心期待曾在哪個名勝風景區捕捉到魔神仔，多出一隻手，或似霧似雲白影團團在誰的頭頂，命運是難解的光圈光影。我中靈異節目的毒很深，隔天還得看重播，白天我習慣邀請阿嬤聯袂觀賞，她看得比我著迷，尤其必看〈鬼影追追追〉，只因得以訓練她的眼力，我從沒看過鬼影，阿嬤抓鬼速度卻特快，能見人所不見，電視如鏡宮映照出她的人。靈異節目後來紛紛轉型，那些特別容易上鏡頭的魑魅魍魎，遂成為失業人口其中之一。

時常動念在租屋處擺臺電視，想著〈電視兒童〉似乎已是歷史名詞，電視會不會也漸成客廳的擺設、巨型的飾品、未來的骨董呢？

桌遊故鄉：文具行

賣報紙仔

一九八七年，日治時期老作家龍瑛宗在《臺灣新生報》發表〈還鄉記——素描新竹北埔鄉〉一文，述說闊別新竹縣六十餘年，再回故鄉北埔，見證小鎮種種有感。他爬上舊時的秀巒山、過彭家祠、金廣福、慈天宮，七十七歲的龍瑛宗且以國語重繪眼前現代地景：「十七歲踩出鄉關以來，已經好幾十年的時光流逝了。返鄉那天，看到故鄉有二家書店『北埔書局』和『良才書店』，這是幾十年前看不到的形象，獨個兒私下沾沾自喜。」龍瑛宗為該段私擬的小標題為「故鄉在變矣」。

二〇一三年，我成長的臺南縣大內鄉，仍缺乏一間像樣的冊局、書局，設若書局象徵就學指數與知識標的，我的故鄉非但沒有在變矣，僅剩那間「賣報紙仔」數十年來維持一地文化水平：我的上一輩、上上輩大概都曾放學途中流連於此。上課前我來買過蜻蜓牌橡皮擦、尖頭修正液，苦湊著零錢，想必你也是。

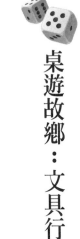

「賣報紙仔」臨時搭建於舊時菜市場、公車站附近，昔日大內最熱鬧地段，離我家一百公尺，據說那平房店面還是我們楊家祭祀公業。近日回鄉，路過「賣報紙仔」，但見三片鐵門緊閉，一張紅單上書休市大吉，問人才知頭家清晨送報過程發生意外去了——大家都認識呢。

這陣子我懷想的並非他的死訊，而是鄉內學童的物資來源，以及店內來不及售罄的新舊文具。「賣報紙仔」銷路與國民學校課表近乎重疊：自然課買溫度計、體育課買呼拉圈、美勞課買雲彩紙、數學課買圓規、三角板、量角器，書法課買手提文房四寶組，書法課又叫寫字課。

「賣報紙仔」右邊羊肉攤、左邊理髮店，進門看見商品全擺在陰暗的屋前，舊式的家屋空間，還得見一點點東洋風情，九二一地震沒有垮掉的危險建築，屋後卻已成廢墟，那崩落的屋頂、天花板，讓陽光直曬而入，光影瀑洩地上朽壞的門板窗，「賣報紙仔」四邊植物抓地繞樑：九重葛、炮仔花、恰查某……空氣中卻有牛頭牌沙茶醬味。

三年級放學，透天厝跑得毫無人影，阿嬤留我單人顧家，我常拿一塊錢來買一張白色圖畫紙，回家坐在客廳靜定畫到母親四點下班，畫作內容如心靈圖示：連綿丘陵、芒果樹、壞農舍，太陽跌落山谷，呈一百二十度，像日落也像日出；五年級時，母親為我添購一張學生書桌，天天案前我將卡通劇情與鄉野傳奇編纂故事，我買了四開空白筆記本幾十本，寫斷數十枝原子筆，成績掉出前三名，那也是我創作初始，偷偷摸摸怕被家人發現。

生命中第一間文具行在哪裡？我聯想所及處處與文字文學相關：玻璃櫃內喜洋洋十二色彩色筆、能上鎖的鐵皮存錢筒充滿隱喻、厚厚一層灰的羽毛球拍很笨重是提醒我要運動，國旗只在國慶、光復節開賣，雷射春聯終年垂掛，隨風熠熠如腳踏車反光貼紙——

文具行之於你呢？

文具加工廠

一直要到老闆捲款而逃，我才知道原來鄉內有間文具加工廠。

母親騎車載我趕到時，廠房、倉庫與空地，視線所及早已滿地文具屍體：上千把短尺長尺折疊尺、長耳兔造型的剪刀、堆疊成塔的調色盤像待洗的盤碗、仿冒七龍珠墊板，好康都被挖光了吧，置身如回收垃圾場的母親喜孜孜在掘寶，她低頭，偶爾擎起一枝筆、水彩水袋，問我：「你要嗎？」那是我到過最大型的文具店，腳踩文具吃力向前、愣在原處，不斷張望——我們是偷偷闖進來的，為了不引起人注意，還將鐵門關起。實則坑坑谷谷文具產品到底是誰的？一間被放棄的文具工廠令我空惘，散落的造型橡皮擦如賤價剩產的蔬果：柳丁狀、文旦狀、蕃茄草莓狀。那也是我初次犯罪，罪名文具盜竊，非法入侵私人居地，母親帶著我。

我的第一篇文章叫〈冬夜〉，發表在大內國小為了慶祝八十二年校慶而製作的刊物《大內兒童》，題目與一九四七年呂赫若的一篇小說創作同名。我六年級，仍是好勝、不肯服輸的孩子，最喜歡唱楊宗憲的〈誰人甲我比〉，卻遲遲得不到母親肯定，所有來自我的優異表現，她一概視作好運，遂讓我將此次發表當成博得母親認同的時機。

呂赫若的〈冬夜〉發表在《臺灣文化》，小說敘寫戰後初期臺灣物價飛漲，百業蕭條淡水街邊，本省女性楊彩鳳婚姻、性別與政治的故事，那也是呂赫若最後的小說創作，時間是發生二二八事件的一九四七年。呂赫若死於鹿窟事件，屍骨無存，他的生命亦如小說戛然止於數聲槍響的冬日冷街；而我為了寫出冬夜椎心刺骨的筆觸，整整構思兩個禮拜，調動許多場景：哆嗦打圍巾的路人、蜷縮毛毯上的野狗，沿街叫賣燒仙草的阿婆——《大內兒童》通過村長通路，很快在鄉間流傳開來，受眾率百分百，每天放學我期待母親讀畢，前來褒獎一番，親戚同她誇佩我的作文能力已不是頭一次了，這次母親鐵定開心至極——記得是星期三，下午兩點放學進門便發現《大內兒童》平躺電視機頂，心中雀喜，卻裝滿不在乎，母親見我，隨即喚我至二樓荒廢多年的暗房，那裡積放家中無數壞家電、笨重鐵書桌，牆面還有父親年少的運動獎盃，一家七口衣物全累趴在老舊彈簧床上。

母親拉我挨坐她的身邊，深怕別人聽見，母親以審判罪犯口吻逼問於我——你的文章，是不是抄來的？

寫作讓我低頭，俯首振筆同時讓我謙卑。寫作的兒子讓生我育我的母親感覺害怕，只因我正虛構一座她看不見、也進不去的世界，那裡是否險惡如戰後的淡水街邊、槍聲林立；寫作若與死亡相隨，難怪她阻擋我，難怪她故意說：「抄來的吧，我們家附近哪有賣燒仙草的阿婆？」

事後母親為我買了零點三八、百樂十二色極細鋼珠筆組，一套要價六百塊，那該是「賣報紙仔」店內金額最高的商品，單支價目就要五十，曾是臺灣一代小學生作業、筆記、寫畢業紀念冊的夢幻逸品。

「國語」作業簿

日前在老家翻出小學生年代的國語作業簿，桃紅色外觀，背面附有日課表格的款式，立刻咬緊我的目光——彷彿又看見八九歲習字的自己，讀三年級了，准許用藍筆寫作業，記得我固定買一支不過八塊錢的原子筆，帶有水果香氣。如今我翻閱昔日國語作業，像還聞到殘存的一點點哈密瓜味，那生澀的方塊字跡遂如另類芳香劑。從小我便以為沒有人的字該是醜的，甲乙丙丁批閱最醜，我喜歡欣賞同學的生字，一樣的字形、一樣的行數，一件件刻工精細藝術品，班上有名高大男同學寫字都溢出小方格，他走路也都斜斜歪歪的。

一九四六年四月，「臺灣省國語推行委員會」成立，臺灣島自此捲起全民國語熱，國語讀本供不應求、大家都在聽齊鐵恨的國語廣播、鄉鎮公家機關都在辦國語講座，我的外婆正讀小學，她是歷經語言轉換的一代，戰後參加過國語演講比賽，但她的讀音不夠準確，姿態亦不得宜，題目據說叫做〈祖國啊，我們在這裡〉，我們在這裡看的《國語日報》其實也是國語運動的時代產物，介入臺灣歷史而不自知。我也讀《國語週刊》，參加字音字形、查字典比賽，還拿到全鄉冠軍，獎品是支鋼筆。不同於戰後初期的外婆，二〇〇〇年，我獲派參加閩南語演講，只因全班公認我的臺語發音上道地，我臺風穩健、口齒清晰，臨場抽到題目則傻了——黑面琵鷺的故鄉——黑面琵鷺臺語怎麼說呢？

亂花錢時，我喜歡逛文具行。一如此刻突然想離開座位，為自己買本低年級國語作業簿速記靈感、橘色的數學練習本可以記帳、再買支有哈密瓜香氣的藍筆最好了。

我心中理想的文具行，店前當賣晚報，入口披披掛掛彩色皮球、零售的塑膠寶劍，也有那世界地圖、旅遊指南、一綑綑繽紛包裝紙棒，最好兼賣書包、學生制服，還能繡學號，那代表附近有學校。我家只離學校五十公尺，住臺大宿舍時又緊貼銘傳國小，現在我窩居秀朗國小附近，靠鐘聲計時過日，二十五歲了像小學沒有念畢業。

理想文具行也要有一綱多本參考書區，太重要了，從前買參考書都得勞駕叔叔驅車至善化，參考書讓我失掉存款，同時見證城鄉差距；還有那窩在店內角落打電動、通常圍成一群，隱密才不會被逮到，文具行就該有學生嘰哩呱啦，我常站在後面瞎看老半天。

理想文具行也要有兩座連壁式郵筒，賣郵票，也能代訂書籍，店面不宜太大，只因七點補習就快到了，店面空間與消費時間成一定比例。

我就站在文具行騎樓，遇見一冒失男孩，他後背佳佳熊書包，身高一百四十三，蹲在漫畫車邊、成排扭蛋機前的聖誕卡片區端詳與比價，手上厚厚一疊，人緣大概不錯。他的書包溢出陣陣哈密瓜香氣，他是誰？他人在哪裡？

是公館商圈文具行、善化中山路上的立人書局、藝美書局，還是羅斯福路秀霖文具店、永和得和路的上晉文具……

是屏東潮州建福文具行、重光書局，或麻豆中山路三新文具行、東海藝術街西河文具、還是故鄉大內的「賣報紙仔」呢？

彼一暝，咱踅夜市

關於踅夜市仔，在我們家有逃避之功用、出走之隱喻。

客廳令人窒息，一家四口常晚飯完畢就搭上父親新買的豐田，風風火火向夜市奔去，小學我幾乎就已踏遍臺南各地夜集，分佈臺南縣境內的夜市據點，可說是棄家之指南針、路線圖；那來自麻豆玉井、官田善化的夜市印象，搭建起我十五歲前的大臺南想像。

那該是週一，我們踅麻豆夜市。其時真理致遠尚未進駐，大學生亦非主要消費族群，沿光復路東西向生成之麻豆夜市，點散古蹟如三百年史的媽祖廟護濟寺、走遠點有母親童年最愛的北極殿，讓夜市除了油煙還多了香火味，父親同窗家在麻豆夜市內，我們常提著夜市好料往他家飛去，別人家客廳永遠比較溫馨。

週二五在善化，那亦是夜市尚未觀光化、集中管理如永華夜市、花園夜市的年代，攤位密麻擺於善化高中與鎮公所間的棋盤通衢，幅員極遼闊、易迷路，一場夜市逛下來全家集體搞失蹤：母親被遺忘在十元撿到寶，父親單人去吃土虱魚頭，我則在漫天彩色氣球飛的紅豆餅攤前肘想該買什麼口味。舊善化夜市實為善化早市之餘韻，可不是，沿新萬香餐廳、過建國大馬路就是菜市場、老街和慶安宮呢！

我們踅夜市也往高山林內鑽，甲仙、左鎮與楠西，有心想逃大概天邊也能去。我在週三玉井夜市初次撞見盜版攤，四周不見老闆顧攤，惟地上齊整擺放最新專輯、自製的明星合輯，和上書「良心桶」的垃圾箱任君自動投幣，我蹲路邊打算買宇多田的《Deep River》，母親拉著我往前，她才是我的良心。

隆田國小、網球場邊的隆田夜市每週必到，美食節目般大口喝木瓜牛奶，吃抓不到重點的沙威瑪，最後轉西庄探望獨居的外婆。昔時外公任職高雄建志補習班，週六他才搭莒光號返隆田，母親與我車站外徘徊總以為能順道接他，念頭才浮起，父親已準備打道回府，並火速將我們車走。

還是喜歡傳統夜市，喜歡沿弄巷築起的流動攤販，日常的異常的共依存，它是我個性的一部分，貪吃鬼般邊走竹籤邊叉章魚丸、炭烤白霧裡幻想該喝逢甲三合一或清心少糖綠，白天路邊民宅忽而退至底層，如果掛心八點檔進度，便趕緊跑到騎樓看電視默戲。夜市換場大屏幕，夜市燈如晝，鹵素燈亮拉開城鎮新劇齣，而大聲公分貝撞擊到天聽，我被人群推擠，雙腳離地浮著往前貪看眾生相：臺南生炒花枝、佛教心靈音樂、府城鹽酥雞、改運點痣、彈珠檯……

我曾坐路邊彈珠檯，用十元賺回整箱麥香綠，滿臉得意地肩回家，像小大人回饋於原生家庭，那會是週四大內夜市，長百公尺的夜市仔，鄉內中小學生全匯聚於此，夜市如教室之延伸，踅夜市像開同學會。我家對面是牛排攤，與我同輩的祠堂囝仔週四都吃牛排當晚餐，不喜路旁吃食因害羞因空氣污染，遂耍大牌煩請老闆穿車潮、過馬路端到自家客廳改內用。

我們不再日日奔赴夜市，儘管客廳還是坐不住，月與燈依舊，方覺父母將老。我家門口這條產業道路據說三十年前曾為大內繁華所在，庄頭廟、國民學校、臨時市場、楊家古厝皆坐落於此，大內有漢人自曾文溪登岸，開發亦於此。如今大內為臺南老化警報區，老化除了人老、屋老、夜市也會老——晚景淒涼，夜市攤位通通十五年久，且正陸續撤離，眼看繁華中心沒轉移，竟似紅腫消退，不痛不癢，原地消去。

農業縣鄉鎮之衰敗，原來能從一座夜市仔之興落看起。故鄉，正在彌留。

陌生人作業

時間早掃的七點十分，我的掃區是緊鄰學校圍牆的露天大理石樓梯，牆邊植滿一行欖仁樹，牆外是菜市仔尾，停滿小客車，偶爾會撞見母親買菜路過，我就拿著掃帚奮力同她招手。我喜歡那掃區，喜歡上下數階梯，一個人將公共空間的地磚拖洗得明亮如鏡。其時我國小四年級，打開電視不知分由圍繞許多綁票孩童的消息，陸正案已變類戲劇腳本，我還記得當時全臺灣都在抓陳進興。

那男人登場以消瘦身形，身後一臺農用轎車門半開，一隻手勾住牆，一隻手顫抖如素食攤趕蒼蠅的旋轉電扇，懨沉沉向拖地中的我揮來，男人快斷氣般勉強給出對白：「阿弟、弟仔喔……」雙眼凹陷如撞球檯黑洞，臉色陰暗則像仙草凍：「弟仔，來一下，幫我敲電話。」高大欖仁樹攔住陽光，我擒緊拖把環顧四周，心想他是在叫我嗎？

「你幫我敲電話乎阮朋友，我足艱苦……」不遠處市集叫賣聲傳來，我的直覺告訴我又是一隻毒蟲在發作，那陣子學校附近常有吸食強力膠的罪犯騷擾學生，白天昏死大象溜滑梯嚇得沒人敢靠近。

「幫我敲電話……」校內追逐聲疊著新添購的板擦機嗡嗡響，眼前這男人讓我想到娘家也暴怒、也畏寒的大舅，他們是同種人：心靈扭曲，情緒失常、不被了解。

而我身陷危險不自知，不知驚走下樓梯，和男人只剩三公尺距離：「你卡大聲，我聽不清楚。」臺語國語交錯講，我是認真想幫他。

牆高一公尺半，我一百四十三公分，牆邊努力踮腳尖，我看不見他，只聽見他不斷出聲。

我往上跳，每跳一次，便和他的臉貼近，降落地面，便隔牆問他：「可是你電話多少呢？」

他語塞，我猜想他神智不清，所以記不得號碼，大舅也是。

「你來外面，先乎你錢，再唸乎你聽。」

我說好，但立刻急退三公尺，拉開視線，瞧見他吃力地說聲謝謝的臉，欖仁樹下。

轉身我逃往辦公室找老師去。

那天升旗典禮，訓導主任點名我上司令臺表揚，主任如問案員警：男的女的、年輕老的、衣服款式通通詳述。我被全校師生視作反應靈敏並擅於應變危機的模範生，掌聲海波浪裡實則我嚴重不安，我拋棄毒發的男人——他有被抓走嗎？大舅發作是否也同他那般痛苦，親人不理不睬，抽搐與痙攣與嘔吐。

我失信於陌生人、失信於這陌生的世界。

「小心陌生人」是孩童被告知牢記的警語、靜思語、回家作業。孩童失蹤顯示孩童不再為成人保護，有屬於自己的時間空間，然我們向來低估、壓抑孩童獨處的能力，當他隻身面對花草與毒菇與蛇蠍，那不該只是冒險小說的浮濫套式，我開始嘗試於本土脈絡下理解落單脫隊的孩童，或哥兒們姊妹淘成群結隊的形上意義，相信錯的非貪玩的孩童，錯的是兇險的環境！

小心陌生人於是替自己買一本奇書。小學期末我們攜帶課外書到校自習，我家除了善書，只剩養鴿指南和棒球雜誌，為此特地到愛買找了一本《怎樣保護自己》，那該是父母為孩子挑選的防身書，竟成我執意添購之休閒讀物，生命之隱喻。我不懂保護自己，那書也適讀於我們全家，是受用無窮的求生聖經。

常常我想起幼年時代的加油站、社區公佈欄張貼的失蹤孩童海報：敘事以年齡、身高、外表特徵。懼怖之中，我感覺其中一個會是我，失蹤孩童年齡凍結，他們有繼續發育嗎？那海報風吹雨打褪色皺破，我駐足凝視遺失的孩顏，他們好奇電掣的天空，遠方的雷聲，一如牆垣下與毒蟲對話的我。

二十五歲的我走過海報牆，揪心不已，此刻我也是陌生人了。

神的孩子都在跳舞

之一：宮廟地圖學

楊丁舟的家又喚慈雲堂，堂口植棵老欉福州枇杷，移植時間據說是在乾隆，我家十塊田什麼果子全種了，獨獨缺皮長毛，外觀泛著淡橘光的枇杷果，為此我稱他家觀音為枇杷觀音，問身體健康非常靈；楊明鴻家住大內軍營附近，緊鄰官田鄉畸零地段，再走進去就是國寶陳金鋒的舊居，楊明鴻家那間叫上帝殿，客廳當神殿，客廳口安放筍狀金爐，他父母離婚多年，一三五跟外婆住，二四六搭興南客運到善化同阿嬤住，上學要不搭最早班的公車；要不拖到第三節才到課。

記得靡遺鉅細，只因我被楊丁舟楊明鴻修理好幾年了。

我緩緩攤開宮廟地圖學，大富翁遊戲般，紙上爬滿小學同學的家廟住址，上學身邊都宛如跟隨無形的守護神：蘇明明她家拜九天玄女，都把九大行星美少女戰士誤會為神女；張清堂名字超老派像縣議員，他家供奉黑面祖師爺，興趣是喜歡將瓜子臉曬成木炭臉；廖敏祥家供奉保生大帝、吳坤煌家開金紙鋪……

我所就讀的大內國民小學，全校共計十二班，學生不到兩百名，畢業典禮那天，六年甲班因頻繁轉學只剩二十三人，學生家庭組成或單親、或隔代教養；學生會起乩者達八個，聲稱具附身能力算六個，升高職高中佔二分之一，順利念完大學的最後六個。我不知道如何述說發生於我身上的宮廟故事，那些年，升旗典禮我排在最前頭，是負責維持秩序的報馬仔班長，臺南縣一級模範生，但我知道自己亦是宮廟孩子——二舅公曲溪天文臺附近的北天宮廟公，小舅公當媽祖乩童二十年，二爺爺曾文溪邊的開靈宮主任委員，伯公父親與叔叔更不用說了，宋江與扛轎與扶鸞樣樣行，廟事即是家務事。

多年後，當我置身大學殿堂，接觸多元文化、認識兒童心理學，在教育學程課上拼湊故鄉那日式建築之校園、隱密神社、棄屍防空洞，與綿延至玉井楠西的丘陵地形，才漸漸意識到我來自山區偏遠學校，是所謂資源分配不均的教改學童，是研究顯示指出美語成績相對落後的一群人。

那該也是九〇年代，督學來校視察，操場校長大聲公吶喊如催促逃命，緊急集合，司令臺上教育局來的阿姨督學開門見山：「山裡的孩子大家好！」阿姨是真的，動作極誇張，為搭配彼時風行的雙語教學，換句話說Good Morning Everyone！

草皮學生交頭接耳，我在心中嘀咕到底哪裡有山呢？我不敢說出口，禮貌運動養出的頂級乖寶寶，從不輕易頂撞，我不是不想說，而是不敢說，像深埋小學時代的霸凌史、像阿嬤為二爺爺性騷擾而不吭聲、像大哥上學沿路為丟石頭、爸爸叔叔被恥笑的無父童年。出生習慣性照單全收的敗德家族，我寧願沉默受氣的脾性，後來帶給我太多痛苦。

當我寫作，才明白我是從山中滾出來，但我忘記西拉雅聖山很久，忘記身上竄流漢埔血液更久，是霸道的曾文溪於我的筆下挾砂石噴流而出，從楠西上游一路曲折領我往七股出海口而去，驚覺我竟是拜壺信仰的子民，是仰泳於曾文溪水的宮廟後代。

春天，我有機會回故鄉的中學與學生分享，會後同一名在地資深老師談話，我感受到她的憂心忡忡、我茫然不知所措，她所描述的宮廟小孩與我成長環境雷同，求學過程相像，為何我得以順利升學，並以認識故鄉為名進行不知所云的講演？平平攏是臺灣偏鄉地區的小孩，為何我們命運懸殊至此呢？

我沮喪好幾個月，回大內足不出戶，害怕路上撞見當天禮堂裡的學童。

宮廟小孩是神的孩子，生性敏感，過早體驗庶民生活，在木頭神偶與威權父輩間尋求認同的平衡點，那世俗的、神聖的人間百態，混著神水與符水與養樂多融鑄成個性的一部分。

宮廟小孩重然諾，講義氣，情緒直接不造作，包括他厭惡你，如楊丁舟楊明鴻看不慣我，他們帶髒字罵我很「秋」。

我樂於做宮廟小孩，樂於將西拉雅聖山放回心中，感覺天上雨水都蒸發凝結來自曾文溪。

親愛的學弟妹，書寫你同時書寫我，我想為你做點什麼。

之二：吃營養午餐，聽舞曲大悲咒

我念小學時，全臺灣都在流行舞曲大帝國，我爸朋友阿濱叔叔，有臺會唱歌的摩托車，日日載我去「風吹沙」檳榔攤陪他把阿妹仔，看人家玩十點半與大老二，除去檳榔攤，他且沿宮廟地圖學載我四界闖神壇，為此常和同學碰頭，羞愧得不敢下車，怕被取笑班長怎麼坐在噪音污染的改裝車。我也感覺世界正在舞曲化，動感電子樂，迷幻節奏竄流於閒靜的柳丁芭樂酪梨園，連廟會也改走電音風，我初次在朝天宮聽見舞曲大悲咒，也忍不住跟著小Move。

同時間美語教學鋪天蓋地深入偏鄉校區，那是九〇年代中期，升旗轉型成全校集體的美語會話課，連吃營養午餐都規定只准聽ＫＫ音標錄音帶，大家埋頭吃按月六百五十元的午餐，消化著熱狗與炒飯與玉米濃湯，努力想像是住在地球村的國際人。

什麼時候營養午餐開始改聽舞曲大悲咒了?只記得班上活躍的小太保們，跟老師討價還價後，我們便開始度過大口吃肉小嘴喝湯，滿嘴油膩於佛樂裡發育的午間生活。原版的大悲咒好聽極了，為曾祖母守喪的日子，每天我固定至停棺的客廳播卡帶，其旋律足以鎮定我的心魂。記得午餐完畢，舞曲大悲咒音量轉大，那定是我生命見過最狂的一群，楊丁舟楊明鴻，乃至他手下忽然跳起乩童，脫掉上衣，露出受餓排骨身形，笑嘻嘻隨舞曲擺動；那也是我見過動作最到位的少年乩，比教育部指示健康操更起勁更賣力，常常我想起那午間教室，女孩們全退縮至公告欄，走廊外奔跑的隔壁班學生，遠處大榕樹下的飯後遊戲，教室內男孩以筆當鼓棒敲打課桌椅如上音樂課，天然鑼鼓聲響，韻律感一百分，他們滿身大汗亦如上完體育課，至High點時即掏出書包美工刀，慢動作仿八家將在教室四個角落，微仰下巴，極自傲自信地割劃起舌頭。腸胃不好的我看得肚子抽痛，痙攣不已，他們如小鬼伸出長舌，四處兜售般炫耀清晰的血痕，女孩們尖叫逃逸，他們解釋一點都不痛啊，麻麻的，然後我知道，他們絕對不會放過我。

楊丁舟把美工刀遞到我面前，他說，楊富閔一起跳。

我搖頭，木然靠椅背，整理起抽屜，小學生殺時間的方式就是整理抽屜。

楊丁舟踹桌腳、椅腳，我摔趴在地。

楊丁舟蹲在我面前，翻白眼為我表演割舌，他說：「美工刀你拿著。」

他再割，示意我學他割下去。

楊丁舟的舌面概是吃過色素糖，長出紫黑色舌苔，他優雅地在我眼前一刀刀犁著舌肉，他走樣的臉型，歪曲的五官，神情冷酷看得我顫抖不止──「美工刀你給我拿著。」

楊明鴻靠攏過來，他說我沒練過，不然拿尺就好，他同時命令我鞋子脫掉，上衣褪去。我讀小學時，流行過一種裝水的尺，水裡漂浮魚形的亮片，據說是小女生的最愛，楊明鴻遞給我一把裝水的尺，順手將我鋪著衛生紙、撒滿香香豆的鉛筆盒倒了滿地，他還學健康操的指導老師說：「One More Time，請你跟我這樣做。」

他狠狠割了一刀，中猴般舞動起來，頭顱左右急速搖擺了二十下。

我不懂也不會保護自己，概因來自一個不受保護的家庭，全家遇到困難習慣頭低低，父親一生處於退讓狀態，自小被佔盡便宜還忙著道謝，一如楊丁舟楊明鴻長達三個月要我伸舌頭，我竟然不爭氣地說：「好，我會學學看。」

喔，學弟妹們，讓我告訴你，好幾個夜晚，我躲到浴室，拿雄獅美工刀偷偷練習，怕痛所以找了一把刀面生鏽，看起來鈍鈍的。

浴室鏡中的我是另一隻小鬼。

我看見我使盡力氣，伸長舌頭。

之三：如果寒冬遠境，乩童不會穿太少嗎？

至今我仍不明白，為何楊丁舟楊明鴻霸凌我？或者，為何我們兄弟求學過程中，容易遭受同儕的欺壓。

古厝是我們童年的秘密基地，我們私擬古厝三合院為棒球場，我是味全龍的坎沙諾，哥哥是兄弟象葛雷諾，鄰居玩伴分別是消失的時報鷹、三商虎，我們手中的塑膠球棒則是在東帝士百貨購得。一日我家附近那讀高職的惡少，盛傳他常在鄉間發售強力膠，深夜後山組合屋集體吸食作樂，完事還用強力膠於水泥地上畫八卦，塗鴉淫語，已被警方鎖定很久了。那該是中秋節過後，大概我們歡笑聲刺激到他，我們沿宮廟地圖學，撿拾前晚漫天炮響後散落各家庭院的沖天炮、蝴蝶炮、水鴛鴦，滿載而歸時，恰巧撞見惡漢塑膠球棒狠狠往等在古厝的大哥砸下去，塑膠棒瞬

這地方太多人經過：出生、祭祀、婚嫁、喪難的故事，二〇〇三年春天，我們百年古厝因朝天宮拓建拆除，現址不存。

間變形並被海拋至厝頂，我嚇得回家救命，邊跑邊罵三字經。大哥從小跟父親出沒鄉間打棒球出名早，風頭太健結果是千萬別落單，他騎著二爺爺買給他的變速腳踏車，前後已不知被拖進路邊柚園恐嚇過幾次。我感覺全世界沒人保護我們，父親阿嬤至訓導處找主任理論，主任反倒指責父親不該鄉里組織棒球隊帶壞青少年，主任列舉操場上的檳榔渣，為球擊碎地的毛玻璃片是我們惡作劇的證據……我感覺我有個安全感盡失的童年，為此養出神經兮兮、愛妄想愛幻想的性地。

比如心驚膽跳的上學路線，我

家離學校不過一百公尺，我好勝只為提早到校抄寫老師指派黑板的生字，調皮不排路隊抄小徑上學，我的宮廟地圖學，有天在鐵皮屋搭建的福德正神廟彎角，被一名毒癮發作的中年男子攔截下來，我只記得他深陷窟窿的雙眼，不斷向我逼近，要我幫忙打電話，打電話？我且來不及認清他是誰，逆著上學路線溜進三合院暗巷，那幾年臺灣島嶼兒童綁票的新聞頻傳，加油站、警察局公告欄貼黏失蹤孩童的群相，我感覺其中一個會是我，沿途哭喊，一度還以為那毒蟲是我外婆家不成材的大舅，當時他剛因販售安非他命案假釋出獄，天天我噩夢似看著新聞，想像他遲早會近親綁票我。

又如楊丁舟楊明鴻的單車隊，一次放學我走在熟悉的朝天宮廟後，剛與同行友朋道別，心想家在不遠處，突然天南地北殺出單車隊將我團團圍住，我心想完蛋了，不知誰對我出聲，恐嚇說有天要將我拖到當時掩蓋於草叢中的日本神社痛毆，那憤恨聲音丟給我無數問號，我只是長得白淨以至淪為好欺侮的對象？又或成績好的陰性書生，儒弱注定淪為拳打腳踢的受害者？前陣子我回到新修後的神社做田野，拿著相機置身日治時期的教育現場，日頭光打在地面，我的身影如舊時陰影之延伸，大白天老懷疑誰在跟蹤我。

春天，寒流來襲，朝天宮媽祖生。媽祖乃吾鄉重點信仰，點散鄉間臂膀的宮廟皆出陣湊熱鬧。記得陣頭抵達我家不遠處的神壇，我便看見楊丁舟楊明鴻，他們穿迷彩滑板褲，一個裸上身黑乾瘦，一個穿龍虎袍如圍兜兜，他們手持七星劍至各家騎樓的香案參拜，動作老練，鮮血沿著鼻骨流，染紫染黃的頭毛看上去醒目極了。他們走到我家隔壁時，記憶裡懼怕的陰影浮現，二十五歲的我才想往客廳裡躲，他們就跳到我家來了——

我裹著羽絨衣，依然冷得頭皮發麻，緊握三炷清香，跟著母親對他們膜拜。雙腳顫抖，有那麼一瞬間，我懷疑我們對到了眼。（乩童還有時間看路人？）

他們也二十五歲有了。

他們還記得我嗎？

他們還記得，國小三年級下午兩點書法課結束，把硯臺殘餘墨汁潑得我運動服像山水畫；他們還記得黃昏的約定，楊富閔，星期三下午五點，我在學校企鵝垃圾桶等你——每個禮拜他們點名一位同學到校園毆，我不明白為何大家都如期赴約了，我因補習逃過劫難，後來人生的星期三下午五點鐘，遂成為我心頭的禁忌時刻。如今他們在我眼前踩著神的舞姿，他們還記得我吧，當年我若赴約，是否被踹得滿身爛泥，嚴重直至腦震盪內出血，回家不敢作聲，只向母親謊稱是騎腳踏車犁田呢？

煙花炮聲鑼鼓響，童年無數舊驚嚇滾動著新驚嚇向我海撲過來，十多年前的事了，今天我才有勇氣痛了起來。

馬克先生在苦瓜寮

我是在臺南縣山上鄉的苦瓜寮聚落，遇見生命中第一個外國人——他叫Mark，來自英國，帥鼻挺如左鎮甲仙山丘；他也是我第一個英語老師，國臺語不太輪轉，有著臺灣新娘史蒂芬琳。黑美人史蒂芬琳經年一身大學生氣息，我反老記不起Mark的年紀，對童年的我來說，靠容貌辨別外國人歲數比默寫出蚊子的英文單字還艱難。

畫面深處我國小三年級，祠堂孩子團報學英語的年紀，恰巧碰到史蒂芬琳和Mark初在臺南生根英語教育，他們懷有狂熱、理想，月費一千低得驚人。祠堂孩子遂速成一班，史蒂芬琳且體會學生父母要不沒車、輪班制，免費接我們上課，逢週二週四黃昏五點，派Mark獨自駕駛迷你箱型車過曾文溪到大內圖書館接送我們上課。有回遇到了臨檢，庄腳交通仔但見是名大欉阿啄仔，手揮揮、笑笑放阮行。

彼時的英語教室也陽春，就選於苦瓜寮朝天宮側身，平日堆放宋江陣兵器、選舉投開票箱，與懸掛紅黑匾額的臨時教室開擺一張張折疊鐵桌椅，我們初學英語仿若退回清末書房年代，就著廟殿香爐經誦聲當音效，學ＫＫ音標與二十六字母，廟壁漁樵耕讀雕畫、武將交趾陶與魚族剪黏都是活教材。

啊，初學英語的美好年代，史蒂芬琳且自費添購數十卷空白錄音帶，花費半個月替我們親口錄製句型單字，Mark負責唸英文，史蒂芬琳中文講述。有日我們發現空白ＴＡＰＥ能拿來重製搞怪，其時日本卡通主題曲正流行，爆走兄弟的〈ウィニング・ラン－風になりたい〉、福音戰士的〈残酷な天使のテーゼ〉，讓不懂日語的電視兒童都能哼上三兩句。大內沒有唱片行，一群小孩抓緊卡通片頭片尾那六十秒，提捧收音機對準電視音箱凝神屏氣，門窗拉緊免得有雜音，如此疊著英語也複製出一張日語卡通合輯。

同時南科帶起房地產血氣，我們祠堂小孩陸續退費退補，紛紛搬新家至善化與新市；緊接著南二高剪綵動工，斷壞山上大內鄉民好多年交通，英語路越來越兇險，繞行、堵塞、空氣污染。Mark的愛心專車仍準時抵達，雖然上課場面很尷尬，全班加我只剩三名學生。

六年級尾聲，史蒂芬琳與Mark在山上天后公園舉辦大型ＢＢＱ，那是結業式鏡頭了，家長忙生火、大鍋熬煮玉米濃湯，雞尾酒當冰品，我們涼亭內背著曾文溪水上演英語話劇，一群臺灣小孩或皇冠或斗篷，愛演愛秀，把《王子復仇記》演成

「驚世媳婦」，對白極不流暢，但都很敢說。

是史蒂芬琳與Mark為我取下第一個英語名字Frank。

記得史蒂芬琳用國語說：「別當愛出風頭的孩子。」是真話、警句，多年來頻頻告誡自己。

後來升學壓力漸大，退補電話終託母親代打，我像初次背信於人，身子不斷發抖，躲坐樓梯偷聽母親講話。人數不足、拆班解散、畫面定格。

苦瓜寮動身，如今我還是英語路上苦行僧，歷經臺南市中山路視訊班、民族路名師英語，近日出國念頭萌生想報名GRE，彭蒙惠英語是按月必買品。想來初學英語種了善緣——是在山上鄉苦瓜寮媽祖廟的見證下，曾有對異國夫妻為我耐心朗誦起ABC。

Mark和史蒂芬琳，我想說聲謝謝你。

桌遊故鄉：縣議員服務處

午後兩點，日照燙頭，有一臺宣傳慢車駛在村路上。

我騎著越野腳踏車立刻跟上去，那宣傳喇叭聲極大，競選歌、口號政見流竄鄰里巷仔，移動的謊言與真理。宣傳車是農用發財車拼裝的，車旁候選人大圖顯示以少髮、黑膚、似笑非笑地臉，文字解釋以誠懇、熱心、聲稱在地人所以我認識他。

宣傳車繞著鄉鎮一日打轉四五圈，最後緩緩駛回臨時車庫，這裡是縣議員服務處，我看見司機下車概是去領一日工資，我則追想這是第幾次拚連任了呢？也是老議員了——

為什麼執意跟車？我不明白，我像在幫老議員輔選，我是老議員車隊的一部分，頂近四十度高溫。

長成於選舉綜藝化的解嚴後時代，可以說我是在無數選戰中長大的小孩，童年視線所及之處皆插滿選舉旗幟，市街如一間色彩學教室；鷹架林立，鷹架上巨幅候選人臉書急著證明他是「大人物」，布條、壓克力看板或披或掛電線桿、騎樓廊柱像忙著找靠山，噴漆登記號碼一二三——從省長縣長到鄉長村長；從立員、議員、鄉代到民選總統……我想起國小也選過自治小縣長，四處拜票，四處貼傳單，將自己短短經歷，吹氣球般無限膨脹。

外頭我打量縣議員服務處，我不進去了。服務處的誕生提供鄉民農暇新興場所，本只是諮詢求助、有事才去的政治空間，現成了沒事聚眾的休閒小地方，它讓我想起以前的樹王公下、廟邊招待室、更早的平埔族公廨，公共空間與權力據點之演化小史。

為什麼會到縣議員服務處？我也不明白。那是縣議員選舉還分選區，我的故鄉隸屬大內、新化和山上，曾文溪中游地段，日日我都隨父親來服務處，一坐就是一下午，我愛懶懶蛇，基本上服務處空間設計都相像，門口許多假死的萬年盆景、百年小松，保存著上屆、上上屆的當選誌喜，其中兩粒褪色彩球像姑丈送的；牆上大小牌匾：造福鄉梓、為民喉舌，弄得像民藝展示館，很醜的鐵桌椅或堆疊，或攤開給人坐著看《民眾日報》；其中一面牆上的白板行事曆密密麻麻，是縣議員向選民赤裸呈現之公開活動——隱喻我很忙。一定有張根雕大茶几，黑眼圈瓜子與當季水果切盤，那晏晏笑著煮茗的不正是議員夫人嗎？她頭頂有座懸吊半空的迷你神壇，神明的小坪數，檀香不斷，最後方是議員辦公室，尤其吸引我的是一臺影印機，影印機在SEVEN尚未進駐鄉間前，可說是罕見機器，我小學在那複印過全優的成績單，要送去申請獎學金。

遂想起那年選前的掃街，父親開著他的豐田，我坐在副駕駛座，後頭坐了兩個老伙仔，一個現在還活著有點呆，一個已經死了，那車隊至少蔓延一公里長啊，車速很慢，我們繞過新化鎮、山上鄉主要幹道，鑼鼓鞭炮聲咚洞嗆凍搶鏘東牆——很像廟會遶境很像有人開槍。我們的車子恰好跟在老議員站的黑色吉普車後方，我們紛紛搖下車窗，對路邊群眾癡傻揮舞手上小旗。

服務處坐落馬路旁、兩邊是文旦園。

文旦園內有座鴿籠突地而築，赤膊男人在揮旗語——

文旦園過了就是曾文溪，我腳踏車往曾文溪堤岸奔去。

溪岸襯底以臺南丘陵惡地形，嶺脊險險——

溪岸西瓜、小黃瓜、哈密瓜、蜜世界瓜田、麻雀聒聒旗林之間——

那些當選、或不當選的候選人，日後都成了曾文溪邊瓜田新風景——

他們是四十度高溫下的稻草人。

他們在罰站。

我在臺北：病到石牌仔

我小時候得過一種怪病，腹部鎮日脹氣如鼓如蛙肚，看電視時不自覺打嗝。阿嬤每天為我熬煮雞屎藤湯，湯濃稠如墨汁，喝了一年病情不見好，母親則一面打聽西醫，一面帶我從善化私人無牌小診所看到高雄甲仙山區漢藥鋪，我也去收驚，鑽轎腳、走平安橋，那幾年父親宮廟剛好走得勤，宮裡叔伯都以為我是少年童乩，說待我歲數多點便要抓來關禁閉練乩。

脹氣很快惡化成大小腸集體絞痛，那絞痛總讓我哭著蛹縮在床在緊急就診的父親車上、母親的膝上。整個幼稚園時期我都在請病假，大小班混著念，長大後母親常笑說：「你不知道，你的腸子跟人家長得不一樣？」是啊，現在我仍消瘦無肉，食量明明很大，消化系統卻很秀逗。小時候比較失禮的親戚長輩見我攏笑講：「你老爸老母是沒乎你吃？怎麼長不大，這麼瘦該是免做兵啦！」

我的腸仔雖然惡壞，但我生氣他們心腸才是壞極了。

我的腸仔牽拖一家好幾口，大家都有張為病事纏結的倦容。

醫院裡父親不堪激，我們已在臺北了。他掉頭指責貪玩坐輪椅上的我說：「吃多一點啦，免得人家說我賺太少，沒能力乎你吃飽。」喜歡推著我醫院外水池、醫院內各樓層觀光客般趴趴走的母親袒護我說：「他就是腸胃不好才會來榮總，你沒看我也瘦骨架，兒子我生的當然會很瘦。」

醫院在臺北石牌的榮總，那也是我初次到臺北城，一九九二，其時我已為病折騰只剩十七八公斤，母親都辭掉了工作，二十四小時候等床邊只怕我忽然抱頭喊痛。直至有日父親透過宮廟兄弟認識村內一瞎子貴人，簡單告知我的情況後，當夜便緊急掛號北上就診。記得父親騎著他的檔車載著母親與我，天未光，沿省道飆速至永康鹽行天橋下搭野雞車，鄉下人進城，還拖了箱自種的愛文芒果說要送醫生。風風火火五小時車程，與母親同坐一起的我精神極好，大眼睜著直達臺北，父親單人購票雙人座，彼時他們三十多歲，為了我這個生來病羸的兒子已南北跑斷腿，野雞車上我怎敢安心入睡，所以我現在坐遊覽車時也很少入睡。

臺北初體驗，沒料到先進了病院。前後榮總出入好幾年，石牌地段成了我最熟悉的臺北地圖。我在榮總大廳美食區看見當年只存於電視機裡的必勝客PIZZA幻燈片、裕農街口，大清早與許多榮民伯伯吃薯粥配我最愛的紅色豆枝、土豆麵筋，住院期間我撒嬌爭坐輪椅，輪椅於我如玩具，母親推著我去兒童遊戲室畫圖，那是我生命中第一間畫室，臺南鄉下生活，父親母親都三班制、作工仔人，農婦阿嬤有耕不完的芒果田，我時常野放在透天厝，寫完功課便踱至「賣報紙仔」買一張一元的圖畫紙畫到天色暗漠漠，可在榮總畫室我有心愛的母親作陪，那佈置如IKEA兒童書房的空調畫室，我塗鴉一張男孩在田園抓黃蝶的圖要送給母親，當天同我作畫是名口罩光頭血癌男童，護士說他每天都一人來作畫，母親要我學習和他當朋友，我遂把母親剛在石牌街口買的西瓜造型橡皮擦，連同我的新畫送給了他，我感覺他也想把畫作送給我，卻遲遲沒有開口。

更多時候，我在病院看漂泊個性的父親無頭蒼蠅無處去，我過意不去，父親犯菸癮，他忍不住偷偷在我的病房浴室抽菸，護士巡房嗅出怪味指責父親，病床上靈活的我愛頂嘴：「我說可以抽菸就可以抽菸！關妳什麼事。」那次出院回臺南，我被父親用塑膠水管抽打跪在電視機前三個小時，他覺得我讓他很沒面子。

想來，我是先認識石牌，再從石牌伸入臺北市。

肚子不痛時我跟一般小孩沒兩樣，住院閒暇時光我們全家三人常摸魚到龍山寺燒香、去華西街喝蛇湯、到現為小巨蛋的臺北市立棒球場看味全龍力抗三商虎，一起在外野看臺區玩波浪舞。散場我伏趴在計程車車窗流眼看夜裡的總統府、國語課本內的中正紀念堂、劉銘傳火車龍頭。父親是吃路邊攤長大的孩子，臺北七八點我們三人也擠在天橋下就著路邊電火喝平時臺南不准吃的牛肉湯當晚餐，天橋邊角有成排公用電話亭，母親用很多一元硬幣打電話回家給託付阿嬤照顧的哥哥，父親電話亭邊吸菸，母親問我要不要跟哥哥說話，我搖頭，父親後來有交代：「別跟你哥說我們有去看棒球。」哥哥最喜打棒球，他的偶像是兄弟象的陳義信，假日飛刀手。

頻繁回診臺北，我的腹病很快就好了，醫生說我還不是他最特別的病例，臺灣有許多孩子同我相像，從小腸絞痛、胃脹、嗝疾，醫生的病歷是絕妙好辭：「這叫氣不順，氣順就好了，不會死啦！」雖然不會死，已升上國小三年級的我，體重卻滯停在二十一公斤左右，連父親都忍不住搖頭承認說：「太瘦。」

騎樓下，父親的戰車，我的玩具車。

這個夏天，我終於完成來臺北讀書的小心願——我想到榮總、到石牌仔，不如當年父親母親大包小包，擒著我倉皇神色問路至石牌，我搭紅線捷運從公館臺大動身至石牌仔落車，二十分鐘，石牌路上遊客病患如織，不遠處聽說還有座大學城，我身體狀況很不錯，沿路辨識童騃時期記憶裡的石牌、榮總、臺北城：立農街口紅磚牆緣，「老地方」水果攤販，當我看見白色巨塔菇立眼前，一時腦脹，想起最後一次領藥批價出走臺北榮總門口是大晴天，醫病期間伴病如家常生活的母親，緊牽著為了慶祝出院而換上吊帶褲新衣的我的手，跟走在好前頭不理人的父親身後喃喃說：「太好了！再也不用回到這個地方了！」

我聽到母親開懷地笑出聲音來了。

我在善化這幾年

高鐵沙崙線有天會在臺鐵善化站停落來。

雙鐵交鋒黃金年代，我彷彿已目睹觀光客多少年後將自府城臺南向東行，手擒載有美食民宿指南的手機地圖於善化月臺頻頻張望，推擠人潮中一個正好是回鄉未婚的我，邊走低頭看手機，等待六十幾歲的老父專車接送；其中一個揹黎明中學且塗鴉醜怪並長出魷魚絲般的脫線書包，逆人潮狂奔電聯車的似乎也是我，約是要去中山路金石堂樓頂補大班數學課；還有那候車室，幫阿嬤抬頭看高入天篷時刻表的男孩也是我呢，記得每年夏天，一箱龍眼一箱荔枝，二爺爺與阿嬤領我搭乘消失多年平快車至楠梓站去看日理萬機的姑姑，那是我鋼筋水泥初體驗，也是阿嬤姑姑與我三人難解的情感重工業。

故事樞紐都在我最愛的目加溜灣，理想、未來的新故鄉善化。

善化於我如人生的轉運站，善化鎮於我如東區。

從前自善化搭臺鐵往臺南高雄市求學而去；以後我從臺北轉高鐵到善化，再沿蘆荻生的曾文溪回溯大內；我血液裡有半個善化人，對善化近年鉅變體驗甚深。善化正迎襲開發新紀元，新紀元下一夜間徵地植栽剷光光，又一夜間開滿休耕證明向日葵花海，路邊T霸鷹架沿路兜售新建案，那看板裝飾以採光豐沛格局方正的新善化想像：什麼科技首府、綠生活、印象巴洛克……我有幸見證舊時西拉雅目加溜灣社的小鎮善化一頁繁華史，並與初引入的連鎖通訊行、速食店、日式藥妝店、新式連鎖餐廳共同轉大，善化陪著我長大。兩千年以降，善化房產如雷雨後的雞肉絲菇菇挺而出，車庫透天厝或獨棟庭院別墅、或小家庭格局還配孝親嬰兒房。那些懸寫半空中與汽車旅館霓虹招牌並列的全彩模型屋，對剛踏入社會的你是如此相干又讓人無比難堪，只因幾年內你注定鐵定買不起。

陪你長大的鄉土舊地，現在比你還值錢，你的薪水據說以後會更低。

猜想臺灣島多少鄉鎮正劇烈更新，大臺南又屬善化變化尤其懾人。

先是科學園區進駐，南二高、東西快速道路破土通車，區域變遷從交通事業起，我同時看見鄰近鄉鎮裙帶反應：比方誤會南科最多就業機會，誤會進南科就成電子新貴，或地價飆高造就暴發戶連夜搬家轉學的光怪現象，直至未來高鐵沙崙線在善化站停下，將縮短地段偏屬山區的大內玉井與外界之距離，鄉鎮老化現象亦從公車班次觀察起，經大內的興南客運，現在一天不到五班，人口一萬的山村！

面對小至鄰里、大至鄉鎮變化實在不能無感，我書寫大臺南，尤其關注火熱幻化中的善化。下善化陸橋，一路善化高中、大成國小十年前還是一畦畦插滿候選人旗幟的稻田：蘇煥智、葉宜津、李全教……鄰近火車站的北仔店，現在外星人賽車場般築起立體交流道。我記得那鐵枝路密林邊，南北轟隆響聲中藏有一人煙罕至小公園，園內一石柱上書「沈光文斯菴先生紀念碑」，我哥念的就是光文路上的光文幼稚園。

新善化推擠著舊善化，日常生活化石層，我也在善化念小世界幼稚園，最愛東勢寮、胡厝寮、六分寮；茄拔庄早年還有善化糖廠小火車經過，二爺爺極疼我，偶爾載我老遠下山來看小火車，我竟然趕上製糖會社的年代，也趕上放大火燒蔗田魔術時刻。對七八歲的男孩來說，那鏡頭太寂寥了：二爺爺與我定格焦糖氣味中看大火大火燒掉三甲甘蔗園、我的善化記憶都跟他有關，他載我至中山路上買味全龍棒球卡、至牛墟買除草機、噴霧機；他買給我作文指南，什麼《中年級學寫作文》、《高年級寫作文》，我一人獨享，二爺爺他那邊可有二十幾個孫子！

火海與蔗田，顧火的田主在火中穿梭像特技表演，時常我擔心下個濃霧飄過他便消失不見。

臭火焦氣息飄來，像烤焦一個誰。

我說：「阿公，那個人不見了！」隨即田主人便從濃煙另頭竄出，手執長棍撥動著遞嬗火苗，燒到路邊花花草草，那就害了！

口中湧出一股複雜的甜，目光隨日治時期新文人往更遠處掃去——

曠野濃煙捲上九重天高速公路像雲霄飛車。

曠野裡反方向看見高鐵銀蛇般飛過，那是我。

曠野裡看見七十年前殖民地白煙囪烏煙團團正撲來，那是吳新榮、林芳年、郭水潭、還是年少喜歡追逐小火車、無緣進糖廠工作的二爺爺呢？

我在永和：家離臺灣這麼近

因為臺灣分館，我從臺大搬到了永和。

窮學生租屋，條件其一必定看房租；其二看水電、交通、網路、寵物……我什麼都不求，全心只想住鄰圖書館。對於初到陌生臺北、還懷抱臺灣文學大夢的青年研究生來說，分館驚人的書冊館藏、便捷的史料調索、親子樂齡共聚一堂的求知環境嚴重刺激著從鄉下來的我，能過日日沉浸於開架式閱讀的生活令我神往，於是痛下決心放棄便宜宿舍，我住到了永和。據說姑姑們七〇年代初抵臺北都歇居在永和，竹林路、秀朗路、永貞路上曾有她們通勤忙碌的身影，與臺北市隔著新店溪的永和匯聚南部縣市出外打拚的遊子群，如此我不孤單，也像跟隨家族拓墾腳步因而住得更安心。

可初到永和那段日子過得並不容易。原有的文學創作熱忱盡失，醫生同時宣佈阿嬤活不過春天三月，父親也跟著病了，他的病症是男性更年期加上嚴重憂鬱症，我逃避回臺南面對，鎮日將自己埋藏於舊報紙翻閱的工作，每天從地窖召喚出堆疊成塔的老報紙。那該是《民族晚報》、《臺北晚報》、還是《全民日報》，溫控中的老報紙再訪人間如出土古物，我貪聞古物發散的潮氣，讓它領我歸返歷史現場；我細心追蹤舊時新聞，企圖觸摸前人心臟來確定自己仍活跳。那確實是三月，臺灣分館外的流蘇花已經開了，盛開成排流蘇白花遠看像一棵棵淋雪的聖誕假樹，但這是三月啊，偶爾我到外頭看樹，心情卻是真的，將自己徹底放空五分鐘、十分鐘，眼前若有外籍看護推著坐輪椅的插管老人接力賽似一車車走過，意識有點恍惚，而我從泛黃的史料夢境緩緩暈醒過來。

三月過後，阿嬤也醒過來。父親卻鬱症加劇，醫生建議藥量加重，失眠長達三十年的父親於是睡得還不錯，輾轉接獲父親進院急救的消息，我沒有第一時間趕回，只在分館外與臺南家人電話連線，從母親口中拼湊父親病狀，自己當起心理醫生斷診他只是中年危機、失去成就感。我不敢相信一路足球、棒球、壘球好手走來，外加宋江陣硬漢教練的父親竟會病倒？往後翻報紙過程中，我開始下意識留心起父親生日，父親生於民國四十六年十二月一日，一次次瞪大雙眼盯著《徵信新聞》、《自立晚報》、《國語日報》見證父親出世，民國四十六年的臺灣發生了什麼事？父親是否也生在一個蒼白如流蘇花的年代？心中千頭萬緒，我撿拾滿桌老報紙碎片，追憶父親的青春與成年，像能更靠近人在臺南的他多一點點。

流蘇花季過後，我的工作也終了。記得那天走出分館已是初夏五月，轉搭南勢角捷運趕赴一場作家朗讀會，我在全場熄燈、只留盞黃燈的舞臺唸了兩篇發表在《自由時報》的短文：〈風醉雨也醉〉、〈聽說父親要當乩〉。那多是在接獲父親病發倉促下筆的文字，是一個無能兒子對父親的巨大思念與告白，當下有個強烈念頭襲擊我——我應該直接告訴他。會後，我又搭乘南勢角線回到分館，門口地燈旁終於鼓起勇氣打電話：「我跟你說，剛剛我當著三四百人唸了兩篇文章，跟大家說是要送給你，你有歡喜沒？」也許我太緊張、也許我講話總是過快、也許收訊不好買到劣質手機，猜想父親正在返家的車上我急忙掛斷電話，隱約像聽見父親說：「有啦，你也歡喜就好。」

歡喜就好。

如今我又回到臺灣分館，心情像個永和在地人能穿暗街走小巷，秀朗國小搭乘橘二公車至八二三公園，經過一窩窩跳土風舞的社區媽媽，忍不住看了眼涼亭內低頭下棋的榮民阿伯，我停下腳步開啟手機替分館建築拍張照片，天氣還不錯，而我的心情亦是歡喜的，歡喜父親逐漸好眠，我學習和他保持聯絡，分享舊報紙讀來的資料，南北兩端讓我帶他參與兒子的研究生活。父親成長於恐懼感蒼白如流蘇花的年代，他對自己的認識原來也如流蘇花落虛無縹緲。更多時候我在分館各樓層如闖闖遊戲：我在三樓中文圖書資料區，跑遍大臺北圖書館終於找到散文家蕭白的《響在心中的水聲》，當我摸著皺褶封面，心中若有漣漪盪起；有時我在二樓櫃檯等待調閱地下書，那本該是「中國文藝協會」的《海天集》，還是老作家盧克彰的《曾文溪之戀》呢？我常同加入臺文所的學弟妹說：「快去分館辦證。」但我最常出沒在四五樓的期刊雜誌區，《中華文藝》、《晨光》、《作品》是我的最愛，《中國一周》信手抽出就撞見工作計劃中的老記者魏清德，逼得我放低腳步聲，心中直唸阿彌陀佛；臺灣研究中心的自習區靜如外太空，偶爾晚上我躲在這裡趕稿，六樓窗外抬頭看見滿月的永和城，公寓大樓、萬家燈火，陪我與這座古老的圖書館共同吸吐——

入夜的分館如發光體，外星人飛行器，分館內有我看不完的歷史文學書籍為我引路，我不孤單。

想在心中的家人們，剛剛通過電話，諸事平安，我不孤單。

而我會住到永和，一開始就是因為臺灣分館。

我在紀州庵：這樣好的《文訊》

直到現在，稍有空閒，我手邊翻閱地常是文訊雜誌所出版的《文訊二十五周年總目》與《文學好因緣》。前者不只作為文學研究生必備工具書、孵化論文問題意識的好幫手，當數百期目錄直直白白得以捧在手心，我從中看出了《文訊》自一九八三年創刊後，二三十年來臺灣文學環境的基本輪廓，我看見文學史的骨架與血肉，來自各種文學議題的深入討論、史料的典藏與活化，我像觸摸到文學史的心跳，內心翻騰不已。最重要是我也看見一個作家的年輕與老去，猜想著其中一個會否就是我？另一本床頭書《文學好因緣》內的文章，即來自於《文訊》為資深作家擘劃的相關專欄集結而成的超級好書，每一個作家如何交代自己的文學淵源、寫作歷程、困難與瓶頸、出版與策劃，我太想知道了。為此《文訊》除了是史料學、編輯學、出版學上知識寶庫，對我來說更具備作家學的潛在能量。

什麼是作家？作家除了寫作還能做什麼？作家如何謀劃寫作生涯？打算寫多久？我讀資深作家在《文學好因緣》上的文章像上了一堂臺灣作家學，各人寫作際遇雖不相同，卻都向我指示了一條隱隱約約的道路，沒人阻擋你——他們的前行身影向你述說著你可以相信、你可以寫下去。

作家是現代社會的產物，我們對作家的認識究竟是案頭的執筆群／約稿者／士大夫／著作者，還是通過了商業包裝、出版消費再製的另類形象，我不知道。

我只想知道如何扮演好作家的角色，有人說把文章寫好就是——我不認為。該如何均衡身心的康健與寫作？該如何保護自己手工的智慧？我想知道如何稱職、我要敬業！

也很怕別人稱呼我作家，未曾想過當作家，從小的志願第一是小學老師、第二是電臺主持人、第三是道士。資深作家康芸薇在《小林的桃花源》的後記也寫她從不以為自己是個作家哩。

七月初參加文訊三十周年世代文青接力賽，那天傍晚匆忙自臺南北上，一到了紀州庵其實我就看到了康芸薇，好貴氣、好美麗的阿嬤呀！我在內心尖叫，眼睛捨不得離開她一秒，我多想過去告訴她——我知道妳！妳寫的好棒！現在登入「博客來網路書店」還能買到康芸薇《覓知音》、《良夜星光》、《小林的桃花源》、《我帶你遊山玩水》等書，我是全部給它火速加入購物車，鞭策自己關門乖乖重讀。過去在圖書館看過康芸薇的〈舅母〉，驚得直起身來，深深為她作品中小女孩靈動、率真、嘰嘰喳喳的敘事聲腔入迷不已。《良夜星光》書末有個作家年表，康芸薇簡單幾句補述讓年表成了另一篇自傳散文，我也讀得津津有味，心想我真有她們對文學熱忱二分之一？我真有如「銀光副刊」上諸多資深作家所展現之寫作續航力？

一九六六年，康芸薇在文星的出道之作《這樣好的星期天》，至今仍是學院內所傳誦的好作品。

二〇一三年七月，我在紀州庵遇見康芸薇，那天是星期四，這樣好的星期四！

這樣好的《文訊》。

這樣好的臺灣文學！

東帝士的孩子們

東帝士百貨的孩子請舉手。

至今車過西門路民德國中，我還習慣抬頭向天際線邊東帝士百貨頂樓遊樂場望去，只因那座搭蓋於六樓的露天遊樂場實在太詭異……

舉手的孩子會記得那沿頂樓牆緣緩慢行駛於黑夜的仿湯瑪士發光小火車；也會記得全臺第一高的瘋狂海盜船。那幾年，母親玩興大，三天兩頭帶我搭興南客運鄉下市區跑，我的海盜船初體驗即在東帝士，記得少婦打扮的母親陪我在鐘擺顛晃中鴕縮頭顱，不斷尖叫，也記得海盜船拔昇至高點，船上視野忽然闊開，那時土地高樓四起的府城臺南市便沉陷眼底，我總以為有尖塔造型的建築是安平古堡、以為赤崁樓會在安平古堡的隔壁。

這是東帝士頂，我們往下去。

五樓室內遊樂場，父親老兄正玩券票不停舌吐的投籃機，他父子運動神經發達，我從小羸弱多病，只好伏趴神秘裝置上如博物館學童，凝視強效玻璃窗底金屬機械怪手空洞緩慢推移將落未落的千萬枚十元硬幣。母親不會在五樓，她常趁我們父子仨在遊樂場時偷渡去逛衣飾區。

四樓電影院記憶一片模糊，可能誰在電影院前爭執，或買票不耐負氣離去，我也不願記起。我高中才頭次進影城，母親則常形容她上回看電影是在麻豆老戲院，一九八〇年代初期。

美食街三樓我們路過不停，雖然這些年我們全家愛在三越西門店品嚐的手扒雞，據說當年就叱吒於此地。我們東帝士吃食全在東帝士外的小北仔夜市，我在小北仔吃到人生第一塊棺材板，喝到特大號西瓜牛奶，那是盛夏，父親躁問哪裡賣菸、蒼蠅般找停車位。

二樓文具玩具唱片行，老兄買伍佰的《浪人情歌》與《樹枝孤鳥》，我買了方順吉。那時一張卡帶唱片兩百二十元，母親付錢同我怨說好貴。我的第一組玩具也在二樓購得，為了犒賞我陪她試鞋三小時，玩具店裡我選一組母親說是女生在玩的粉色迷你流理檯。

一樓廣場回憶最多，大概父親常說有逛一樓就算數。廣場父親曾為我買深藍色卡通圖示棒球手套，廉價手套。我們還去吃溫蒂漢堡，那扮相如護士造型的雀斑女孩溫蒂讓我誤會她是麥當勞。排隊人潮時常讓父親卻步，母親執意為幫我們兄弟插隊，語畢母親隨即隱沒隊伍裡。

其實啊，開始我是想告訴舉手的你一則我在東帝士走丟的趣事，沿途我從頂樓淚尋母親，因不敢搭東帝士升降電梯，只好不斷迂迴之形手扶梯上上下下，沒想到我想著、寫著卻不斷撞見童年的自己：父親易怒、母親壓抑、四處趴趴走的老兄和我——後來我在人擠人東帝士為警員牽到側門口與焦急的母親會合，那側門有托缽和尚，側門邊賣看起來超好吃的脆皮甜筒冰淇琳，上面灑著七彩滿天星……

一九八六年，舉手的你睜大雙眼說西門路東帝士百貨即將開幕。

二〇〇一年，你憤懣口氣向我形容、凝聚府城南縣孩童記憶的東帝士營業結束。

二〇〇七年，農曆春節我曾領著母親，勇闖早歇業的東帝士大廳逛跳樓大拍賣，我在名牌OUTLET衣車間逡巡，忍不住抬頭看著各自吊掛在相異樓層的紅框透明電梯，二樓以上全無光線，令人無比沮喪的黑，還能見未及撤走的大字商號標語歪寫：俗俗買、鐵板嗆辣、特價……直白程度和後來同樣西門路上的三越店氣質相差甚遠，但我知道那就是東帝士，雜混府城南縣庶民消費性格，再燒串起小北仔人潮，說是百貨公司，不如想它是臨時飛蓋百貨公司內的中正路、北門路、流動夜市，更有學生最愛的冰宮與游泳池……

二〇〇九年，東帝士百貨大樓拆除，路過西門路的人都說，現在，它是一片平地了。

黎明的早晨

阮兜的囝仔讀冊攏頇顢。從小父親便指望我能念出名堂，才四年級他即開始費心聯絡縣議員，想如何把我「弄進」一流的私立黎明中學。父親口中的黎明，管教嚴，開八個班的名額，年年都搶破頭，數學英文考試傳說尤其難。

記得進入那聚集了臺南縣境各地國小縣長獎、資優生的天主聖地前，有年父親大內出發麻豆看五府千歲遶境，父親TOYATA且故意停靠白十字牆外的木棉花樹下，搖低車窗對我比畫校門口的「愛」字燈塔，像說了句：「進了黎明，不知道還能考前三名沒。」

一九九九，我抽籤註冊黎明中學，三年後，沒跟父親討論，自動直升高中部，一路玩到當年秋天，亂填了個社會組，只愛文藝社、夏天的阿勃勒，以及那間一眼便望盡安業文旦樹海的高二義教室。我是早早學會離開故鄉，在異地教室理化算式裡，義結來自學甲、佳里、歸仁、將軍、永康大小鄉鎮的男孩女孩；繁瑣校車動線圖，驚嘆農業縣倒有地名喚漚汪、青鯤鯓、茅港尾跟胡厝寮。

難忘一九九九年，我的黎明元年。段考作文出了「黎明的早晨」，考題在地化，好勝的我錯誤判題，想得太複雜，寫成「早晨的早晨」，悟不透老師用意是身邊日日都愛睏跌走的七點校園，滿分五十的作文，我靠抄對題目拿了四分。

可我真有兩千多個「黎明的早晨」啊。苦到母親，六年來同我早起等五點五十分的校車，冬至寒流全家集體賴床，我躲在棉被演病假哭，母親耐心替我按摩提神，不小心睡過頭，機車油門一催，幾次還跟錯車尾對準曾文家商、育達商職的司機破口大罵。我迷迷糊糊在大內鄉朝天宮站登上車程半小時的「黎明之星」，醒來往往已是清爽柚花香配廣播〈大家說英語〉的晨讀第一節。

畢業十年，逐漸忘記晨起難挨滋味。現在我習慣睡到自然醒，習慣凌晨四五點仍精神亢奮。天亮才就寢的後黎明子弟，星散島嶼，續作他自己人生的黎明人。

明天，我想早起。

我是黎明人。

一聲阿門

我是在一九九九年抵達這座教會學校——黎明中學。先行逃出家傳燒香金紙媽祖婆路數，生活血肉開始出現聖母瑪麗亞、祈福彌撒禮，有翅膀的天使圖騰與聖歌樂聲、全能的天主父。記得國一入學於新落成的禮堂參加成年禮，禮堂內我頭頂三分平頭領受神父禮讚，首次開口為自己學生生涯說出一聲阿門時，心情震盪不已，腦海浮現躺臥床上多年手持佛珠的曾祖母、按月花大鈔祭祀的阿嬤，與滿臉紅血的乩童朋友們。其時我站立的窗邊位置，剛好能望見冬季乾涸的南臺灣水圳，更遠處麻豆安業文旦森林，隱隱約約有座地藏王廟，我的心中有個角落正在騷動。

回想起來，漸漸歧出家族信仰地圖，是從一聲阿門開始。

多一種聲音，對長年據守大內半山腰的我來說太重要，我需要新的目光看世界，再說我已無法尾隨遶境隊伍敲鑼打鼓，或廟會時拿炷香等在路邊施燃七八尺長的鞭炮。

我非無神論，信仰路線四處走拜摸索，我的故鄉大內是平埔族西拉雅重要聚落，謎一樣的拜壺信仰，阿立祖，臺灣最大平埔公廨建築就在大內頭社。閩式牌坊，那名字聽來有點古怪，叫「太上龍頭宗義廟」，對我述說著漢埔混合、土壤爭奪的故事。讀國中時，我常偷騎摩托車來看阿立祖，鬼祟於隨時會落下雷陣雨的午後山區，蹲身端詳神秘的檳榔祭品與豬頭殼、雞冠花飾與劍蘭植栽，向水。我在尋找什麼？當我凝視公廨白壁懸掛的雷令旗，上書新港、灣裡、蕭壟、篤加、社仔斗大字眼，心靈業已爬在大內玉井丘陵往甲仙內門而去，我心溯曾文溪水，亦如當年無路可退的西拉雅先民奔至高海拔山區，而我竟是那兇殘外來者的後裔。

遂讓我想起前年照顧阿嬤的看護姊姊蘇西，她早晚於二樓深處小房間朝聖城麥加禮拜，我留心她一陣子了，起初固定時間她跑得不見人影，母親誤會她到市場聊電話，直至有日我嘗試練習對她比畫，臺語英語混著告訴她：「我跟我媽解釋，先幫妳照顧阿嬤。」同時我領著母親來到二樓，那本是伯公姆婆的房宮，站著白衣白褲的蘇西，受潮床墊上，她手持可蘭經叩頭鞠躬，儀式畢，本想呼喚蘇西推阿嬤去散步的母親，瞬時沉默落來，一如後來每次經過黎明聖堂、噴水池聖母雕像前時聒噪如鳥的我，突然自動保持靜肅。

我有個捨不得丟的書包，上書天主教黎明中學，手邊同時留有許多塗鴉「愛」字的別針、書籤、紀念校服，Love and Hope。十二月是黎明月，聖歌比賽是重點項目，我們班從未拿過冠軍，但我喜歡唱「祢是我的主」、「彌賽亞」，聖誕熱門曲目Silent Night，歌舞劇般在臺上搭馬槽，那女學生聖母裝扮蹲抱嬰兒呼喊Oh My God，也有誤闖的聖誕老人，人力麋鹿與雪橇，布袋戲扮仙般的對著觀眾海灑糖果，剪紙做的假羊群一坨坨，是哪位男學生滿嘴絡腮鬍，緩緩走向臺前，拿起麥克風自我介紹說他是牧羊人呢。

我不是牧羊人，多部合唱時我立正站好，專心吟詠聖歌，聽不清自己的聲音，不解詞意，心中卻能感受教育的美。

我想我是迷途山林的羔羊，長成於信仰雜混的臺南空間，我該尋找什麼？前方必定有更多險惡的山谷等候著我？

至今我仍習慣穿著黎明時代的運動服，像延畢中學生於島嶼東南西北尋找全能的天主父、天上聖母與阿立祖。關於相信的故事，也許繞路、遇見無尾巷，但我記得一切都從麻豆小鎮、那聲阿門開始。

微整形

讀東海四年多，像動過一次微整形。

但明明我是從有曾文溪走過的半山腰庄頭，落點海拔同樣不高的大度山巔；一樣的教會學校，從天主教中學念到基督教大學，而我本是臺南林野間的囝仔，二〇〇五年闖進森林遊樂區般的東海，實在找不到適應不良的理由。

我適應得很好呢。只是回想起來，如經歷微整形手術，小面積修復、前後差別盡在局部細微處，連我都感覺自己哪裡不太一樣了，難道東海校園真足以改變一個人？

猜想我變緩慢了。從前我快言快語，恰北北的男生。阿嬤、母親常聽不清楚我說的話。吃快弄破碗，急性子讓我吞了不少苦頭。我的運動細胞並不發達，跑步速度卻快得驚人，大隊接力擔任頭尾棒次，走路則像腳底裝輪子。我太快太急又不懂放鬆，十八歲前考試答題、舉手發言、所有限時競賽我貪婪地能搶第一誓言絕不當老二。是東海讓我明白，種種貪快皆指向我根本是熱愛追逐名利的人，是東海讓我把速度調慢落來。遲到、趕點名還得挑有view的路線，通常我習慣從相思林拐圖書館經文理大道，將繞遠路當成做早操，只因文理大道是我的大型天然健身房，那抱狀的綠榕隧道、古雅的建築，詩意環境讓我生出另一雙眼睛，看似散漫地走入教室，實則早已充電完畢，思路與目光透澈清晰。

我也變得愛美。東海大概無人不美，即使我的打扮隨興，近乎邋遢，滑板褲、勃肯鞋，逢甲夜市殺過價的素色短T。十八歲前我認為長相醜陋無比，連母親都在理髮師面前取笑我「足穤看」。國中時期，教學大樓樓梯轉角都安座一面落地鏡，紅漆標楷字體，極霸道地寫著整肅儀容。我怕極那照妖鏡，幾乎貼牆緣，面壁行走，有次意外撞見鏡中的自己：高腰褲，高筒襪，滿臉青春痘，眼鏡鏡架被理化自修壓垮，鏡片左高右低，主要是身形猥瑣，駝背缺乏自信的樣子，我定是鬼門關忘記排隊回地獄的醜八怪吧；高中時期開始懂得抓頭髮，卻找不到自己的型，常一個早上弄掉半罐髮蠟，滿肚子起床氣，雙手黏黐黐。在東海，迷迷糊糊尋找自己的型，不那麼乖巧，向花草樹木求索，同時樂於發現日常異常的美：能俯瞰臺中綜藝城的人文五樓、科學實驗館的夜景是我的私房景點，二校區的龍貓公車站有滿地的落果，但你別太相信我耽美的形容，你也該去交通如壞腸的東海別墅，手掌大的老鼠正停在你的腳邊嗅食，那工業區廢棄污水，明明你也看見了。

所以是時間變多嗎？結束長達六年的私校生活，天天五點起床的噩夢，直至晚自修近十點的苦讀。是東海訓練我一身黃金時間管理術，期待開學前選課，期待一張滿堂的課表，愛養我的心靈與知識。我喜歡一個人的期中期末考，搞孤僻似地躲到無人空教室讀書，那該是文學院，庭園的木蘭花是周芬伶的樹，紫荊樹下站著少年蔣勳，《含淚的微笑》的許達然，秋天起風的時候，葉珊就來了，而故作憂鬱的我踏進無人的舊教室，黑板前小學生習字般刻劃甲骨文，默背詩詞歌賦曲，讓大段大段文字於我手中的粉筆汩汩湧出。在東海我一人吃飯，一人仰躺於路思義的斜牆，從相思林走到牧場，彷彿整座大度山都為我所擁有。離開上千人的臺南大家族，東海終於讓我變回一個人。

只是微整形啊，大學生的改變，神秘如忽起的大度山夜霧，我無法保證東海足以改變一個人。不急，你有四年，一千五百多個日子。你總會有天，突然發現自己哪裡怪怪的——

闖陣

從小跟隨父親出沒全臺各大廟宇，我可說是混廟會長大的孩子，每遇有藝陣表演，習慣廟口覓一視野極佳的高處，不愛場邊踮腳尖人擠人，專挑廟邊石獅買杯酸梅湯定點，我好喜歡坐石獅頭頂看八家將擺陣、看踩高蹺搬演關公保二嫂、宋江陣的八卦陣、雙連籬是我的最愛。

但是我怕闖陣。當陣頭擺開，鑼鼓聲落，一條分隔人神的虛線隱隱浮出。闖陣於廟埕發生的機會比較少，大多出現路口即興表演，為了答謝贊助而簡單示出幾個套招。路口表演吃掉大半張馬路是常態，交通停擺，人車堵塞，不知若救護車消防車來了，到底該誰讓誰？

陣頭被閒雜人闖陣是大忌，女性尤其可疑。

誤闖八家將陣式據說會壞流年壞身體，從此路口遇有陣頭表演我要不繞路，要不等候路邊。

常想起竄逃於八家將陣內的高職女孩，那還是九〇年代的媽祖香，我國小六年級，對中學生活有許多想像，日日寫完功課坐亭仔腳呆滯。我很少看卡通、漫畫，就愛門口發呆至天黑，不久發現讀曾文家商的高職女孩，傍晚她固定低頭徒步我家門口，那年頭，我也同時注意就讀外地學校的同鄉子弟：曾文農工、育德高職、後壁高中、黎明、鳳和……。眾多新奇校名向我展示各式人生出路，我將依此逃離沉默的客廳、悶熱的大內鄉村。我注意短髮高職女孩很久了，經年心事重重，聽說國小縣長獎、模範生，聯考失利後信心重挫，狂瘦十多公斤，高職女孩從小姑姑帶大，父母親都住高雄，整個六年級，黃昏時我就在亭仔腳等她走過。

記得那科媽祖香逢星期三，國小國中配合遶境紛紛提早下課，廟會隊伍於傍晚準備入廟安座，神轎陣頭回堵四公里長，客運校車都進不來。那天我站在亭仔腳看乩童操砍，鑼鼓嗩吶聲中偷看裸赤上身的花車女郎，指認平時跟父親身邊的轎班大哥們。父親是廟會靈魂人物，陣頭神轎過我家門都得拜旗犁步，這時我得小跑步送上菸酒、紅包示答謝禮。

視線模糊入夜六點鐘，八家將已在我家門前踏起四門，兩行各四名家將於鼓聲中緩舞身軀，從小我也怕八家將，怕獸面臉譜、對比強烈的色調紋路，更害怕削肩打扮的各色八家將突然開口說話，邊遶境邊講手機的家將向我述說神聖的崩毀，原來他不過是個男孩。

接著我就看見高職女孩遠遠走來，起先她閃躲鞭炮，歪進路邊盆栽花圃，忽然久達五分鐘的長串鞭炮燃起，漫天白霧，人人摀耳摀鼻，我也摀鼻，孰料霧開散後，高職女孩竟被捲進八家將擺起的八卦陣式，我看她本打算快步退出，慌亂中她的書包去ㄏㄨㄟˊ到了其中一名家將——虎面黑袍冬大神！冬大神立即兵械棄置鏗鏘於地，解衣對天咬齒咆哮，發出尖鳴，八卦陣大亂，七家將紛紛持金鎚、枷鎖、戒棍、毒蛇團團圍靠高職女孩——她闖陣了！而且是女身，不久冬大神口吐白沫臥倒於地，場邊我被這畫面嚇得手腳顫抖，褲裙打扮的高職女孩蹲身馬路中央，七家將彷如活逮一隻女鬼，緊繃神情的甘柳將軍斥喝出聲，如要擒著女孩去刀山示眾、去熱炸油鍋。

高職女孩淒厲哭喊，亂髮披頭，為廟會工作人員扛至亭仔腳時身軀軟癱，女孩眼神呆滯，魂飛魄散。

聽說高職女孩緊急休學，插大失敗，而後精神崩潰，跟隨她的姑姑遷避高雄。然魂飛魄散的何止高職女孩，房間緊貼馬路的我連續失眠好幾個夜晚。閉眼即浮出女孩倉皇的臉孔，鑼鼓鞭炮聲糾纏在耳。

很快，我要升上國中。

我不再呆坐亭仔腳看光影變化，一心想用功，一心想離開這人神不分的村落……

娃兒宋江陣

其實，我們也在古厝埕斗玩「木頭人」、「閃電逼逼」和「老師說」，「大風吹」集體赤腳繞三合院跑，「覓相找」躲地表的會被鄰居笑，從小即明白人得往高處爬。

但更多時候我們囝仔古厝埕口學大人跳宋江陣，兵器全手作，頭旗紅布媽媽從紡織廠裁回來，頭旗繫鈴鐺，鈴鐺書局買；斧頭難度高乾脆略過，鍋蓋天真想像成盾牌；齊眉棍呢最簡單，拖把、掃帚頭拔掉就是囉！

那該是一九九七年的媽祖香，農曆元宵節過後，廟方先向田都元帥請示，而開館、而招兵，冷氣團裡展開了為期月餘的團練生涯。記得每夜七點，大內星空天南地北固定傳來鑼鼓聲響，與我們這群娃兒宋江陣同時活跳的另批男丁，他們會是你的爸爸、我的叔公、張陳李吳蔡伯伯；他們一致情感日日準點抵達朝天宮，大多剛從工業區下班、從山坡愛文園或曾文溪埔地歸來，復健回診都請假，工作服褲穿著，飯只匆匆扒了兩三口。宋江陣也是婆婆媽媽八點檔，那陣子我們村子都放棄

「施公奇案」，廟邊騎樓拉長脖子貪看宋江擺陣，為此進化成聽鼓聲踩步伐的宋江族人。

我家祖上三代都出宋江陣靈魂人物，接力棒似一把雙斧從曾祖父傳到耳背大伯公，又傳到了小叔，朝天宮雙斧史儼然是楊家家族史。我抱憾只趕上叔叔的年代，他表演開斧順手燒兩張符咒神情很肅穆，很能蹲，老輩都讚叔叔遺傳到祖父，祖父也跳雙斧，但他強項打宋江鼓，阿嬤常談及有冬朝天宮會香臺南大天后宮，不巧兩團宋江陣拚場，鬧熱廟口宋江兵豎耳聽鼓辨位，祖父鼓咬鼓，穩住了宋江陣式，惜一手鼓藝無傳人；父親年少頭旗手，他旗花舞得最豔最美，中年轉戰業餘教練，半路出家楊教練極富責任感，他教我有宋江的廟宇就有向心力，一座鄉鎮之衰興都從一間廟看起。我們世居廟後跟走宋江隊伍百餘年，邁入後中年的父親已跳不高、蹲不低，遂將熱情化諸傳統藝術之賡續，我不跳宋江陣，卻感覺從他手中接過了雙斧、握緊了頭旗。

我愛宋江陣，我愛宋江陣儀式內蘊的情感結構如八卦陣、雙連箍，更如有形族譜：小關刀手住我家隔壁兼親戚；大關刀手粗魯無比偶爾跟我爸借錢；長刀白鬢老者鳳梨田和我家荔枝園相連，他是我心中的宋江名模不老騎士，平日看他田裡拿噴霧機鐮刀加鋤頭，怎知入夜變身跳宋江鏗鏗鏘鏘，力拔山兮氣蓋世，像要替我們抵禦村外千萬條惡鬼冤魂。

我愛宋江陣，宋江陣用以保衛鄉里，兼能健身練手臂。九七年那科香的宋江制服約是白短袖和綠系尼龍褲，廟會完事，路頭路尾可見宋江男丁拿來當家居服，一如戰士、英雄身分之延伸，光榮之印記，喜酒現場七八個阿伯撞衫通通不以為意，讓人錯覺廟會還在進行，那是村服鄉服，不同款的宋江打扮，述說著不同年代的宋江事。

我愛宋江陣，從小綁手綁腳，不夠Man，貧血暈頭跑錯圈，棍子天天打到人，娃兒宋江陣男孩，長大棄關刀執筆去，改行書寫宋江史，敲打鍵盤如擊宋江鼓。此刻又逢七點整，耳際似有鼓聲隱隱傳來——等一下，我像漏掉了誰？

老遠兩位六十歲姑姑喘吁吁跑來。是的，姑姑，民國五十年代，她們少女姿態曾列隊全國第一女宋江陣，田都元帥女兒們，不拿鍋鏟跳宋江，而後遠嫁外縣市，如今已算阿嬤輩人物，我手邊有張攝於朝天宮前的黑白女宋江團體照，我發誓要把姑姑的青春宋江事給寫出來……

誰怕小舅公

小舅公、這世界上我最害怕的人。

會是小學三年級媽祖香，遶境隊伍行經大內國小，我的導師特地帶我們到圍牆邊觀賞「迎神賽會」。迎神賽會，不如說是我們家家族聚會，我家四代通通在廟會上粉墨登場，那遶境隊伍是這樣的——

打頭陣當然是護守鄉里大內朝天宮宋江陣，宋江顧問兼總教頭是我伯公，頭旗手是我老父，拿雙斧的是我叔叔，依序排開會有鄰居兼宗親的堂叔拿小關刀、長棍、雙刀……早早不讀書堂哥們大概會去扛裝有七彩燈泡的神轎；緊接路鼓車隊、電子花車之後的會是曲溪北天宮的宋江陣，特別介紹它是因為這支宋江陣的頭旗手也是我的丈公，二〇〇四年兩支宋江陣交會二溪大橋南瀛天文臺教育館，是我記憶中全家族最神、最神經的一刻。

過了宋江陣，就是小舅公所屬的媽祖神轎。小舅公年少被抓去當乩，從阿嬤得來的情報是小舅公受過禁，關在北天宮內七七四十九天，日日清茶與素果填腹，科班出身。我印象中小舅公喜歡操五寶，七星劍他的首選，刺球大概拋不準沒看他表演過。他有時看心情跳上轎；有時赤腳行在熱天馬路：他的背滲血，小跟班得不時以口含米酒噴向小舅公的背，小跟班不假外人、正是大舅公，大舅公一聲、呸，是向媽祖致敬、也是對傷口消炎。

記得我會手指神轎，鄭重向同學介紹：「那個有點矮，皮膚黑、白長褲的是阮家細漢舅公！」我偷偷觀察媽祖俔了的舅公，眼神專注他大小動作，我會故意擠到最前頭，卻擔心小舅公你可不要投來溫暖的目光，那我就要把你識破——事實是我惡人無膽，往往小舅公目珠四界掃射，如媽祖俯瞰眾生時趕緊躲到同學背後。我怕媽祖發現我，更怕小舅公看到我！

怕，是有原因的，我不會忘記，每逢星期四，小舅公從曲溪村騎著一臺車龍頭插媽祖令旗、車身寶藍色的野狼，約莫七點濟公剛播完、衛視中文臺的櫻桃小丸子還在唱片頭曲時來到大內，星期四乃大內夜市，是住內山小舅公下山採買好日子，小舅公習慣把車子停在我家騎樓，好自然地進門坐坐。我已經算準時間，趁機閃到夜市逍遙，要不、趕緊衝進浴室洗澡，因年紀尚小，我分不太清楚他當時是我的小舅公？當時是會操砍的瘋媽祖？特別小舅公總愛將我架在雙肩轉來轉去、拋上拋下，笑得好開心，一次把我架到夜市去，我怕極了，怕極是因為、媽祖怎麼可以拿來騎？

我記錯了，也許夢過當了真。五年前阿嬤生病，改住在一樓廚房倉促搭成的房間，有天，我和阿嬤和小舅公三人談病談往事。我喜歡聆聽他們的姊弟情，聽阿嬤說她施了什麼技倆把將被分送給別人當養子的小舅公偷偷藏在學校，但又為了要養活小弟不得不放棄自己的公學校教育，小舅公的來臨改變了高智商阿姊的命，屬於他們的日治時期記憶，次次都讓我暗自發願有天我一定要走進去。或是這樣的情緣，他們姊弟特別親，阿嬤總喊他黑肚仔，更多年以後我才會知道那是おとうと。真的，阿嬤那年差點掛，病情膠著，小舅公三天兩頭來探，天曉得（媽祖都不曉得，天怎麼會曉得。）那次小舅公雄雄跳起來——臉部抽搐，四肢顫抖不已，不斷發出咿呀聲音，躺床上爬不起的阿嬤眼睛瞪大催促我：「快、恁舅公發起來了！」我張口、恐懼自嘴奔瀉而出，幾乎飆出眼淚！

能掌控大局的伯公已走了、老父小叔親戚輩通通上班，我該去請誰來幫起乩的小舅公脫上衣穿龍虎袍？廚房只有菜刀是去哪生七星劍鯊魚劍，小舅公你不要砍得血流不止啊！我手邊沒米酒只有口水，難道要我拚命吐你口水：「快退駕、快退駕！」再說、現場來的這位竟是友孝弟弟要替破病阿姊指點迷津、有請媽祖撥冗下凡開藥單？還是路過哪隻隔壁村冤魂相借舅公肉體來訴苦情？抑或舅公到底裝瘋賣傻、他在跟我開玩笑吧？我打救護車會不會比較快呢……

小舅公不跳童乩很多年，常想起他從前馳騁廟會的風采，鄉民口中那位很「兇」的媽祖乩，我喜歡，但是我很怕，現在我開始疼惜、包括他身上十數年來的傷疤，日日相機錄音筆跟他跑，他是藝術家吧，在現實生活踏踩神的步伐，仰頭拋出天問，咿呀咿呀，卻在炮煙迷濛大路看盡人世百面相。他其實老早看穿我終其尾會是歹子吧、看穿我要走了！在他次次被媽祖附身時，洞察我心中所有邪惡念頭，我很壞，我怕他、我寫他，他知情吧！

午時水透巴斯克林

臺南端陽沒落雨，盛不到午時水。

母親電話同我述說官田外婆家落了䟢䟢仔雨，外婆盛了半桶多，要母親特地騎車回娘家「打包」午時水，給父親哥哥潹淨身軀用。

午時水什麼呢？去邪、消暑、療治百病，為毒辣豔陽長時照射的涼水，在眾生皆病的農曆五月，我在臺北蒸滒柏油路邊，也看見孩童過節立蛋的畫面。

從前家裡負責曬午時水的阿嬷，不落雨的五月節，她習慣盛一大拔桶自來水，灑滿榕樹葉片、芙蓉、艾草綠瓣，水裡搖搖擺擺怪奇植栽，午時水桶不管現代交通觀念，阿嬷總給它橫擺亭仔腳邊，哪裡設想人車行走好危險，再說整鄰婆婆媽媽：八婿婆、大姆婆、通風報信第一名的K鄰、學人精C太太皆大馬路上擺起一桶桶午時水，我們村落像長期在缺水停水。黃昏午時水阿嬷提來倒入飲水機水槽，或煮湯或配藥，阿嬷且要我們晚上午時水透洗澡水，洗頭洗臉洗身軀都康健。

阿嬷病後，午時水習俗我們留了下來，接手的母親近年還是我們鄰內最會包粽的孝媳、她開始學習鐵門兩邊插掛和課本教的不相像的榕樹、芙蓉，端午前幾日也會跟隨阿嬤路數到專產粽葉的祠堂後牧場採月桃葉，母親說：「你阿嬤粽葉黑白洗，我得重洗好幾遍。」電話裡我忍住沒告訴她，我們家午時水過去採用自來水，不需挨到落雨天，但念及早年母親於大家族繁雜民俗活動和阿嬤互不相讓，這些年換她當家，端午祭祀卻過得比誰還夠工，我話鋒一轉又跟她講，小時候我攏把阿嬤放在浴室口的午時水灌進馬桶，對我來說，洗澡天下大事，誰知那放路邊的午時水桶有無引來口渴的野狗放尿偷飲？誰知神奇療效午時水，真能庇佑我來年百毒不侵，又或換來整身皮膚疾病呢？

我不愛午時水，小時候的洗澡水是一澡盆紅綠漸層、茉莉香氣逼人的七彩水，那攪混著日本出品的巴斯克林泡澡粉，一點點劑量便能讓熱水靈動起來。我是洗巴斯克林長大的孩子，對電視裡胡瓜嚕啦啦沐浴乳廣告，和一群孩童裸身嬉水而全身泡沫的澎澎場景全無想像力，我只喜歡淡定於家中促狹浴間仔宛如童僧盤踞於彩水，洗澡門半開，連著廚房的澡室我才能安心看著阿嬤、看她仲夏怕熱大粒汗小粒汗在煎難度最高的虱目仔。那時母親鐵定仍在加班，放我一人自足地泡著巴斯克林浴，胡瓜嚕啦啦廣告金句名言——讓孩子自己洗，我不願自己洗，兒時黏人怕落單、怕母親不見，老任性拖至晚上母親下班的九十點才肯入浴，直到有了巴斯克林，我洗臉洗頭花五分鐘，但我願意浸在那七彩浴裡一鐘頭，像打坐的小沙彌、或被罰靜坐的死囝仔，每天我都泡到睏睏去。

也許巴斯克林的易開罐外裝太吸引我。

也許自動調色的洗澡水，讓無聊沐浴時間充滿趣味。

也許巴斯克林真能解除疲憂，暢順血環，威力不輸阿嬤的端陽午時水。

然我已不是孩子，巴斯克林則一面懷舊一面出新，除了茉莉香味，還有檸檬、柚子，專屬兒童的卡通瓶，我在賣場買了巴斯克林，回家把它供在書櫃當飾品。

其實我也是騙母親的，她素來不喜我偏袒阿嬤，實則每年我都有乖乖將午時水透巴斯克林，像施展著有一點點科學根據的魔法，最重要的是洗澡水透阿嬤的心意，我如此幸運浸潤於這天這地，為這人世疼惜。

所以我想到，不如來自製午時水。

我取了一真空罐，裝一點點自來水，惜臺北缺日照久矣，法力恐怕不夠威。我該把它擺在路邊、或是窗邊？我且不諳水量多寡，才想著那一點點午時水午睡，短短幾小時後醒來，竟蒸發不見。

桌遊故鄉：熱帶魚紅茶亭

現在很少看見紅茶亭仔了，那種外觀像裝了車輪的加長型土地公廟，也有點像窄版神轎的茶水小鋪，已大量被店面高級裝潢的連鎖飲料店取代。我小時候很著迷紅茶亭的簡易木建築，可拆解、有點陽春、倉促況味。等待飲料的時間，我像古物家考察它的設計，那亭子並不大，又配置一支五百萬大傘遮陽遮雨，最常歇在自家騎樓前，所以說它是流動攤販也不準確，那另闢而出的新客廳空間，女兒放學會一起來搖飲料，工讀生只請一兩個，都念在地工專工商，亭子因可以移動，推到園遊會或夜市仔很方便。

我眼前一座名叫熱帶魚的紅茶亭，正在柏油路上移動，我不知道它要去哪裡。除了熱帶魚，還有金塊の繽紛、沁心、南國、來坐喔、姨婆奉茶、陽光小集……招牌詞組內隱隱騷動的氣候美學，那遍佈臺灣島各地的千萬紅茶亭到底意味著什麼？

紅茶亭飲品名目白話文，綠茶紅茶奶茶再混搭也十來種，珍珠就等於波霸，不如現在刁鑽什麼「地中海拿鐵微紅豆」、「當季芒橙椰果多多紅」，也講究茶葉烘焙程度、現榨顆粒鮮水果。

還是喜歡騎變速腳踏車，因天熱口渴，趕到熱帶魚紅茶亭點一杯市面上失傳已久的青蘋果或香檳葡萄，再一手喝飲料在鄉間神遊，目的地通常是小學校雀榕樹王公，也喜歡沿蕉林芒果樹路徑去巡田，終點站是曾文溪岸，此時飲料剛好喝完，保麗龍杯卻不知該丟到哪裡——

熱帶魚紅茶亭，那魚字因長年雷陣雨刷洗落漆，就剩熱帶兩字清晰，讓我想起自己本是熱帶海洋國家的孩子、隱忍日光的能力完全沒問題。

我極耐熱，對熱有病態的迷戀，最愛正午人擠人在麵攤鍋爐看頭家娘斬鴨頭、油漬大腸頭、殘毛的豬頭皮塊；站在香雞排攤前看炸雞在油鍋翻身、薯條變色如化學課；夏季普渡誦經結束，和十幾個阿婆圍圈金爐旁燒銀紙，火光熠熠為我取暖。我的房間西曬嚴重，那西曬角落是我的書桌，日頭通過淡粉色窗簾，陰影打在我作業的臉上，我的心微微發燙。

我耐熱還包括發燒四十二度不自知，熱昏過頭，熱情、盲從、躁動，坦克背心與海灘褲與夾腳拖最能激起我生存之鬥志，七八月是我活動力最旺盛的季節，我就生在八月。十八歲前的暑假，高溫燒烤我常偷騎摩托車神遊平埔族聚落，彷彿人類學家蹲點，若我出生一九四〇年代，遂也能遇見帝大教授國分直一與金關丈夫，他們都曾到過大內。

我不怕曝曬日照卻怕渴，喝了十多年垃圾飲料可以停了，還有那消暑的黑糖剉冰、糖廠冰枝。我從小在紅茶亭買飲料一定去冰，在冷氣房內喝冰品尤其痛苦，我們只需要心境有一方清涼。

冷氣房讓我偏頭痛，怕冷冬天升旗唱國歌全身發抖，冷是我一輩子的對手。常聽聞有老年人因突然從高溫戶外走入低溫便利商店而暴斃，我想像其中一個就是我。

因耐熱而存活，因避暑而死。

夏季每年孩童溺水新聞瘋狗浪三天兩頭傳來，他們為何執意闖入封閉的海水浴場、嘉南大圳、無人管理的大小埤塘我不明白。他們是否也買了手搖杯飲料，把塑膠膜撕開，一顆一顆吞咬著冰塊？他們是否只打算慵懶躺平沙灘曬青春，卻因初次雙腳泡在海水，興奮莫名而忘了不會游泳？

電視機內家屬招魂幡飄著，我在客廳盹著，悶了半天，終於透一點風。

桌遊故鄉：美鳳農藥行

九〇年代陳美鳳還唱臺語歌，她的經典名曲〈無情放袂記〉至今仍是我的口袋歌單，哀感頑豔的前奏一下來Fu就對了。MV中美鳳姊修女扮相，白黑裙裝，頭頂一顆吹高波浪大鬈髮，豬肝色口紅亦是當我年幼，身邊眾多都會阿姨的經典造型。美鳳姊與伍浩哲對唱的〈叫阮第一名〉、〈牽手出頭天〉、〈繁華攏是夢〉也都好聽得不得了。唱KTV時我是麥克風殺手，喜歡插自己的歌、切別人的歌，點歌也不是單點，是一口氣輸入十幾首，還自行分類，我心中私藏一組閨怨歌單：林玉英的〈小雨〉、陳美鳳的〈無情放袂記〉、江美麗的〈暝哪會這呢長〉、林晏如〈走味的咖啡〉、陳亞蘭〈無情人有情天〉。它們是古典閨怨現代演繹，讓我想起「感此傷妾心，坐愁紅顏老」、「閨中少婦不知愁，春日凝妝上翠樓」。我在舞池中如一現代羅敷，我委實不明白何以為閨怨歌單深深著迷。

但我要述說的不是唱臺語歌的美鳳姊，也不是下鄉至臺灣各縣市鄉鎮品嚐在地美食的最美麗的歐巴桑，我要告訴你的是賣農藥的美鳳姊，不會錯的，美鳳姊曾為農藥代言人，她的人形立牌造型一樣以黑色洋裝、一樣吹極高的髮型、就像現在你在全家得見趙又廷、機車行會有蔡依林，九〇年代美鳳姊手持一大瓶類似年年春的草藥，成為臺灣一鄉鎮農藥店門口經典風景。

農藥行也兼賣有機肥料、農用果袋、各式植栽養在臨時土壤，我家附近最多即是藥行，那也是一鄉鎮之共相：中藥行與西藥行與農藥行搭起的農業縣街景，我們以藥作信物、信任、誠信、無害、掛保證是農藥行最常見之標語，追求清清白白一如柳丁文旦不為蜂傷叮咬，這是一連農作物都愛美的年代。

我幾乎不曾見過農婦單獨來到農藥行，農藥行是一性別失衡場所、是呼吸小心有毒、走入立即精神森嚴之空間。購買農藥多以農夫為主，他們至興農買農藥、在田裡泡藥與噴藥，農婦緊跟後頭拉管線。我騎摩托車最怕遇到路邊噴農藥，父親則每次噴完農藥固定吃肝藥，據說是能解毒。

阿鳳仔是我認識第一個精神失常的女人，她是彩鳳、翠鳳、華鳳、麗鳳我不清楚，大家都叫她鳳仔。她初登場於一透南風的午後，她偷偷溜進門口開放的農藥行帶走一瓶除蟲藥劑，牛飲如可口可樂電視廣告，最後嘴吐白沫倒在小學後山一荒地。

在此之前，我對阿鳳仔的印象是小學放學，她偶爾走在我們路隊、偶爾會在菜市場、夜市仔念念有詞。聽說阿鳳仔是我們在地的查某囝仔，也有自己的家人，父母皆年邁，是一婚姻失敗、回鄉的女兒。種種生命難解的因素帶領她至精神另一層次，更高的層次，我追溯阿鳳仔的記憶，才發現我們都在各自的節奏上過日子，我們都在經歷日常與異常。

一鄉鎮路上多可見精神恍惚的女人，她們背景不明，我不曾稍加留心。除了阿鳳仔、住農會旁有穢語症的阿應仔，發作時咒罵路過行人半小時方休，小學生最怕她，阿嬤常跟阿應仔說笑，稍有黑斑、賣相不佳的芒果會送給阿應仔；還有那不知其名、喜歡沿街奔跑攔車的阿姨們……我與她們共處在一鄉鎮，她們是我生命的一部分。

我的小學教育，班上過半數同學來自單親家庭、隔代教養、繳不出午餐費，我沒有察覺自己處於相對優越之位置，蒙受大家族庇蔭，永遠我衣食無缺，每天的煩惱是害怕雙親離異、百歲曾祖母到底什麼時候會死，以及母親會不會發瘋。一個夢境是小學同學的母親紛紛來到我家，那些與母親同年齡的在地媳婦們，面容姣好，各個手戴袖套像要去摘木瓜、收鳳梨，夢中她們與母親發生口角，約好要去哪裡逛街，母親婉拒了，她們用力撕扯長髮的母親，我嚇地跪在地上哭泣、哀求，直至母親崩潰，第一次我在睡夢中以尖叫以哭泣清醒。

是否每個孩子心中都有一個將失去理智的母親？一如生產時母親們痛苦痙攣、

那也是最初印象，我正經過產道，感知她的痛苦，我通通知道。

一次我在曬衣場遇見了阿鳳仔，像遇見黑面慶仔的女兒、走進洪醒夫小說，懷孕、生產、比底層更底層的精神地域。曬衣場上，私密衣物直直白日光下，像跳樓大拍賣，展示至少十戶人家穿搭風景：階級的、性別的、年齡的。我看見阿鳳仔大熱天穿著小學生冬季外套，在橫縱交錯衣架間穿梭，隱隱約約我在另一頭盯著她，隔著無數內衣褲裙拉出了距離：龍飛鳳舞四角褲、子彈三角內褲、南科工業區制服、內衣與吊嘎……我想見、又怕見到她，手上一疊衣物，我的收拾動作如漸次拉開一帷幕，擴大了視框，終於清楚看見她清秀的臉蛋、四十幾歲了吧！也聽見她哼唱著彼時金曲龍虎榜臺語票選第一名──〈無情放袂記〉。她一邊唱、披一席涼被在芒果色餘暉中旋轉，她歌聲幽怨令人窒息，多哀切的身世、多悲涼的轉音！

無情的放袂記、若有情放在心肝內、思思念念的人、望你回心意……

我想像自己也跟著哼起歌來，一回神、加快收拾的速度。我想我還不夠勇敢得以去接近她，一如我不夠勇敢在曬衣場逗留：心虛的、慾望的、露骨的、禁忌的……

桌遊故鄉：暑期安親班

安親班是一種形狀——我指的是門口散亂擺放的拖鞋、布鞋、涼鞋拼出的碎樣圖像，如一連串脫鞋動作的影像殘留，關於速度也關於情緒的。百來雙童鞋亦如腳印浮雕先延伸自再也擠不下的雙層木鞋櫃，而後直至整座騎樓地面。現在我路過一鄉鎮安親班仍望鞋出神久久，總記起從前下課你推我擠找鞋子飛奔上爸媽新買的小客車的畫面，也包括因孩童鞋款大多相像，大家穿錯鞋子，或惡作劇把鞋子暗藏的故事來——

安親班也是一種冷氣開放——我初次安親班經驗是升小學一年級的暑假，跟鄰居小孩團報正音安親班，地點因在外地善化，得專車接送，那安親班是幼稚園連鎖企業，故接送的車子還是幼稚園的娃娃車。除了正音，一整套課程規劃完全複製小學生作息表，早操時間號作「活動筋骨」；午餐午休則從十二點到一點半，下午醒來做個勞作畫個圖，三點多等吃點心，往往是綠豆湯和當季的荔枝龍眼，接著又被娃娃車送回家。記得當年上課我身高不夠坐最前頭，位置過度靠近那臺大型日立冷氣機而長期挨冷受凍，我且是不敢發言的孩子，冷氣轟轟作響讓我聽不清剛畢業的師專女教師的發音，為此讓作為銜接幼稚園與小學一年級課程的暑期安親班印象遂只剩鎮日開放的冷氣。其時正是高溫長夏，夏令營與戰鬥營與安親班的招生旺季。

一鄉鎮安親班大都開在透天厝，慣常將一整層樓打通改成簡易教室，配置以木質地板與閱讀區與海報牆，矮桌子矮凳子，和移動式塗鴉過度的白板，安親班老師身兼屋主或屋主親戚，也有在地小學老師賺外快偷營業，共同交集是皆無立案登記。我上過一間數理安親班租屋在三樓，房東本業開設中藥行，一樓當倉庫囤藥材，二樓還有人住，每次上課爬樓梯都有私闖民宅之罪惡感，那安親班老師幾乎不教課，就是不停寫習題啊對答案，強迫症似要學生背誦九九乘法。我在那邊寫超過不下一千題的四則運算，現在只記得閱讀區有一套岩村和郎的繪本《十四隻老鼠》和我最愛的《威利在哪裡》。一鄉鎮前後共有過兩三間安親班，黃昏柏油路常見阿公騎機車載孫子趕補習的長鏡頭，這幾年一鄉鎮安親班倒閉速度快得驚人，這是少子化了——

都市安親班多沿學校而設，我居住的社區鄰近秀朗國小，八〇年代曾是全國學生數最多的小學校，高達一百八十五班，近年增開學校雖有紓緩現象，每日下午四點放學的場面還是很驚人。我細細數算過附近安親班林立至少七十餘家，學童幾乎是一出校門口便被念中文系兼職打工的課輔女老師整團帶去寫作業——我常為這數十支隊形曲曲折折、童心渙散黃昏寫作業隊伍迷惑，喜歡混在人群中陪她們隊伍走一段路。我想像走最前頭和女老師鬥嘴的絕對不會是我，但我也不會搞孤僻落單走最後，大概就走中間偏後一點點，一個太乖、沉默不語的位置。數十支小學生課輔隊伍的父母都尚未下班，其實他們不過從一間大教室遷徙到另一間小教室。這幾年住在永和才知此地補教事業規模龐大，企業化經營的安親班生態總讓我懷疑自己是不是錯過了什麼？

比方錯過每次段考科目、名次分數、學區學校都得公告安親班門口的時代，只差沒連家長名字一併示眾，或附上特寫大頭貼；我常駐足安親班騎樓如一超齡學童，遺憾沒趕上五六歲便能完成英檢數檢證照無數的天才年紀，現今小學生都是安親班包裝商品，日日鍛鍊你的求知慾與榮譽心；還有那液晶電視牆現場直播雙語教學實況，螢幕對準騎樓，顯然要放給我這閒閒路人看的——螢幕中金髮外籍教師手持麥克風穿梭在一群踴躍發言的學童左右，上課討論似乎很熱絡，我的個性好勝又愛爭，直至大學卻不敢互動討論，影音教室裡其中一個若是我，猜想暑假兩個月比下來沒瘋大概也不遠了。

剛剛我經過秀朗國小，時間下午四點，碰巧趕上暑期安親班招生，但見各家業者拉布條、祭出送氣球、發糖果活動，家長一手牽小孩一手拿滿各色傳單，也有原子筆贈品與透明文件夾，我看了心生貪小便宜念頭，傍晚人潮中故意來回晃它三四趟，也沒半個工讀生人想攔我，忍不住主動出擊說——喂、我可以幫我妹妹拿一張嗎？

一張「升小一先修安親班」的文宣紙遞到了手上——細細我讀著招生敘述以專收秀朗國小學生的（哎呦，排他性這麼強！）、敘述以照進度上課絕不發習題純訂正（見此條目忍不住心中按讚），最吸引我的是每天下午一門「勇氣訓練」說話課，上臺發言是我頗欠缺的訓練。我感覺暑期安親班日課表竟給我靜定的力量，才發現自己對安親班的癡迷來自它提供我一套時間管理想像：暑期安親班有抗懶散之功效，安親班亦是避暑場所之變形，隱喻一現代人對高溫與假期的思索。中學六年因暑期輔導、大學暑假在營隊打工中度過，嚮往一暑期安親班對最近常有終日一事無成感慨的我來說實在很勵志——那也是一種生存方式，關於對抗炎熱。

我尋著文宣紙上簡易手繪地圖、揮汗來到不遠處的安親班，騎樓見成群制服學童鞋子亂脫一地，自動門開，白襪子男孩女孩蹦蹦跳跳去上課，我才想往前走幾步看仔細，立刻涼風向我撲來，安親班是冷氣開放——

夏天真到了。

第二輯

家庭生活與
保健副刊

讓我做你的猛男

難得放假回臺南，卻得在奇美醫院上演全家團圓的戲碼，不明白為何身邊親近的人紛紛病了。我趕到四樓感染科去看住院八天的阿嬤，又陪同母親到一樓等待心臟科門診，轉角身心科前陣子才陪父親看了幾趟。我忍不住抱怨該是家裡風水出了差錯，否則跑醫院竟如逛百貨，為此訓練出穿梭電梯的好身手。

我感覺自己也快倒下，等待批價時，眼睛瞥見角落一臺體重計，那小學生時代，保健室的機型，讓我褪去昂貴羽絨衣慣性向前奔去。金額高到嚇人的日本外套，母親問起價錢時不僅去了尾數，還打七折，只因瘦皮猴如我，實在太怕冷。記得國中升旗典禮，整支國歌我寒到挫到全以抖音帶過；在東海冰鎮於大度山低溫冷霧，溫度過低便自行宣佈停課；到臺北三年餘，保暖配備早已不缺，新購的羊毛圍巾加手套造型，裹得全身胖嘟嘟像脆笛酥男孩。

瘦弱的我穿金戴銀來禦寒，努力讓自己看起來不太寒傖。

家人於臺南接連病倒，長達二十五年，始終吃不肥的我，竟在此時胖了。

我胖了，體重突破五十五大關，猜想我過得還不錯，三餐加宵夜，很早我就意識到肚裡有鐵胃。讀東海時，夜夜我從東海別墅麥當勞下山坡買到屈臣氏口鹽水雞，我的晚餐是辣味雞翅、五十元鹽酥雞和煙燻滷味，以及醬料加免驚的福州包，失控時多買刈包花五元加顆蛋，最後再以北迴木瓜牛奶收場，如此大包小包提回租賃套房邊吃邊看康熙來了，三年吃下來我還是瘦得離奇。

我食量驚人卻吃不胖。「你怎麼又瘦了？」、「你也太瘦了吧？」我想變胖，卻不能說出口，全民瘦身的年代，想胖宣言太刺耳。據說「姐妹花雞排」加波霸奶茶熱量高得爆表，住臺大研一時，每天下午都去交關，增重決心可說堅毅如鑽。

我們家不分男女邁入中年集體變形，阿嬤走樣得最徹底，她剛嫁到我家時瘦如曬衣竹竿，五十歲不及當了少年嬤，在家含飴弄孫為此養出一身富貴狀；母親做小姐年紀也是名模身形，最近翻出她一身白洋裝乍看像中森明菜像林慧萍，這陣子概因吃太好，血壓飆高，身材走山，衣褲全報廢，真真賠了健康又破財；父親大哥則在退伍後，因重獲自由而轉成易胖體質。

多年來壓抑於大伯公家族，蝸居敗德底層的我們一家，變胖實是不尋常的身體反應，難道家是發了、好命了？沒資格變胖，變胖注定落得入院下場，阿嬤病在吃藥丸如吞服白米飯，她體內都是類固醇；父親母親定有過一段飢餓的童年而暴飲暴食，我之胖與不胖，概是發育於千人大家族，年紀最小的我承受篇幅龐大家族史，病弱兼皮包骨直是必然之路。

但我喜歡胖，自信胖，胖得健健康康，我以為那是生命最美的形狀。從體重計跳下來，穿好鞋子，心想多出的四公斤該如何運用才好。我變胖莫非只是打腫臉？平時作息大亂，三餐不固定，何以能變胖？但我寧願相信是變強壯，摸著微微隆起的小腹，一股喜悅繞過十二指腸，經咽喉與食道，最後在嘴巴笑開來。

終於有肉，遂得以扛起家族重擔。

記得有年阿嬤浴室跌坐不起，輕薄的我努力托住她的兩腋，阿嬤仍不動如山；
又如兒時果園裡全家忙上貨，大粒汗小粒汗，我只得愣在農舍前拿爛文旦踢足球；
又如感覺牽緊父母親的手，而不是被他們牽著走。

我長肉、有力量，想為你做點什麼——
乾脆健身去，用多出的四公斤，練不像樣的胸肌，迷迷糊糊的腹肌——

讓我照顧你。

讓我做你的猛男。

家長接送

十八歲高中畢業立刻去考機車駕照，雖然我已無照駕駛在鄉間許多年；大學時代同學紛紛團報駕訓班，開車到東海上課的同學大有人在，卻不明白自己為何始終興趣缺缺。「你要學開車了吧？」句型如「你該念研究所？」、「你該結婚？」一般地理所當然。

許汽車對我來說概是奢侈品、是大型玩具；許是幾次搭上某位長輩的玩命快車的記憶太負面，駕駛明明是親人，臉龐卻冷如外人，他眼睛概因藥物使用過度失去判斷方向的能力，沿路擦撞安全島讓母親與我驚聲連連，搭上他的車，讓我感覺自己像是個沒有未來的人；又許是小學到遊樂園玩碰碰車印象太慘烈，記得我困在角落，死命轉翻方向盤還是動彈不得，還得勞駕剪票員拯救我，但見那車尾長出天線連結至鐵網的賽車場，同班男孩女孩的碰碰車在歡笑聲中碰撞出花火，我一個人進車倒車皆失靈，只想棄車逃離現場。「我才不想學開車」肯定句。直到有天，身邊同學以極嚴厲口吻徹底說服我：「要學開車，不然父母親老了，誰載他們就醫、回診、復健呢？」當下我立即因思慮不夠遠深而心生慚愧，我怎麼只想到自己？再說明明我也想開車載他們四界野遊，不惟看病、拿藥……

拿駕照最好理由是為接送父母，如他們接送我們一路從小到大：求學、比賽、打預防針、補習，火車站、高鐵站外總有他們交叉手臂等候的身影；安親班樓下那個頭頂安全帽，口罩袖套造型，還跟同學家長大馬路邊便聊開的不正是誰的母親？

每個孩子多少都有部家長接送的故事，我還看過阿姨、伯母來接送的，阿公最多，等待孫子下課時猜想他們都在瞎聊大家樂與關心柳丁芒果的價格。還記得小時候因為鄉村外語資源不足，交通又極不便，我們學習美語都得沿著曾文溪出大內往善化鎮去，士農工商啊，有時鄰居家長碰到文旦白柚收採旺季，或碰上誰家爸爸工業區下班時間與晚上補習時間重疊，漸漸厝邊鄰居開始輪流幫忙載小孩，節省油錢同時節省時間。童年人情里程數，每週有兩天父親的豐田私家小轎車會變成娃娃車，車上坐滿五六個同宗族的楊家小孩，超載，那比補美語有趣多了，也像集體夜遊後要返家，我們興奮將車窗搖下，其時南二高善化段剛動工，眼前一隻隻巨型鳥禽般的怪手在徵地上遊走，空氣挾灰石煙塵撲面而來，我們原來是吸風飛沙長大的一代。

或者漸漸變成家長、「二度轉大人」而不自知。母親幾回加班至深夜十二點，弄得不敢騎回家，急叩我出車接她，那白天鄉間小路忽然陰森如鬼域，我不怕鬼、不怕黑卻也忍不住飆速，前去救母的頑孩其時正念大學，順利接送母親下班予我無比成就感，像變成了她的家長，儘管我們回程途中以大聲說話壯膽，還講了很多親戚的壞話，分散對路邊綿延墳群的注意力。

我們擁有接送父母的機會，阿公阿嬤尤其珍貴。阿嬤入養老院後的初次除夕，一大早我求請哥哥開著新買的馬自達上山去接她，那是最幸福難忘的一次，我們兄弟在養老院的護士阿姨眼中如乖孫如最佳女婿人選，她近乎掉淚美言：「看你們兩個孫仔很懂事，足感心。」阿姨且說沒法轉去團圓圍爐的老伙仔多的是，她跑進跑出對院間走道喊著：「楊林蘭孫子來囉，家長來接送，家長接送！」

那也是我們兄弟初次開車合力接送阿嬤回家，以後呢、以後再也沒有過。

家庭聯絡簿

從小我就害怕添增父母親麻煩。

求學時代，舉凡需要動員家長出手如親師座談會、考卷簽章、戶外教學同意書、家庭聯絡簿……我一概自行簽字認可。我尤其喜歡模仿大人寫字，草書與娃娃體的融合，小學生生字簿人人都自成一格。偷偷告訴你，一路小學念至高中畢業我都自己做家長。母親工作十二小時，回家她急著轉看〈長男的媳婦〉，父親輪班制，永遠呈現補眠狀態，有次我忍不住遞給阿嬤，她不識字嚇傻以為我要跟她過戶討財產，我總不能要二爺爺簽字吧，雖說他才是我真正的家長。小學生九點暖被睡覺，整理完書包，夜夜我從神明廳更下二層樓到灶腳、浴間、後院仔，喊老半天就是找不到能幫我簽字的長輩。

缺乏值得與家庭通報的校園新鮮事，成績普通，行為舉止尚可，我想我是不需要聯絡簿的孩子，同時還得分身扮演家長，自小便意識讀書考試皆不關別人的事。父母親被通知到校往往是我胃疾發作、或請長假北上就醫住院之時。國中有次全班集體受罰，數學老師揪臉對準當班長的我發惡聲：「我要通知你家長來，你帶頭作亂。」我輕聲細語、客客氣氣告訴他，微頂撞：「我媽沒駕照，騎車從山裡出來路很遠，別去打擾她，有事打電話給我。」那天我剛申辦手機。

聯絡簿是寫給自己看的手帳本，一如行事曆、生涯規劃之延伸；聯絡簿裝潢以靜思語、英文單字十枚、數學公式，國中時候老師要求得記錄心情，天天我都是Very Good。記得有次遲交聯絡簿，慌亂中我竟火速快簽自己的大名，結果老師根本也沒發現！

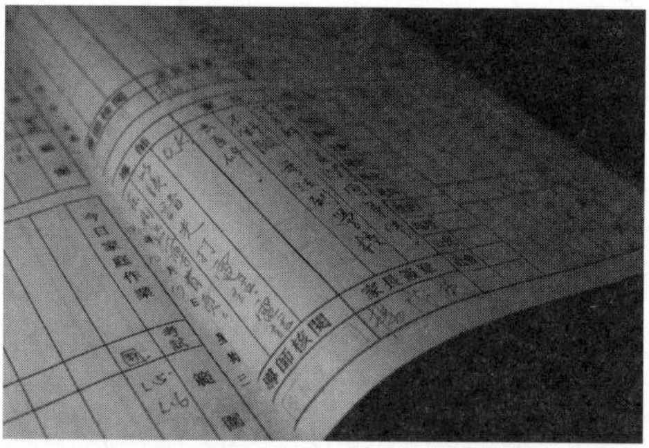
我裝病理由很多：肚痛、胸悶、拇指外翻……看到聯絡簿上請假的手跡，心一驚、這分明是我先打好草稿，再叫母親逐句抄下地呀！

曾經趁著八點檔廣告時間，偷偷遞給母親，我記得，但她總說自己簽吧，或簽了根本沒留心聯絡簿上的社會國語成績，蟯蟲與尿液與視力；或遞給母親，簽的卻是父親的名字，我說你簽黃啊，母親姓黃，我在外都介紹她是黃女士。我難免感覺失落，卻偷偷注意到母親字跡極秀逸，母親生平得過的獎除了抓老鼠第一名，其次便是臺南縣中學生書法冠軍，我國中畫水墨即是委由她題字落款，句子是楊喚的

〈小蝸牛〉：「我馱著我的小房子走路／我馱著我的小房子爬樹。」這是隱喻了。

聯絡簿是家庭學校兩造間權力演練場，性別失衡死角落，學童主體尤難發聲，常常同學叫我攜帶違禁品CD借他，難道我要在備忘欄上寫記得帶五月天《人生海海》嗎？

難忘小學一年級，有次數學考卷難得奪一百，老師在分數隔壁描摹方框，對我說回家給父親簽章，現代性失能的鄉村學童，什麼是簽章呢？凡事稟報家長讓我嚴重適應不良，我回家獻寶般進貢考卷，父親斜眼外加喝了一點點，他也說自己蓋章吧，什麼是蓋章？印章又放在哪裡呢？透南風午後，自得其樂的我翻出了珍藏龍貓印章在方框下重重擠壓三大下，隔天我被老師用棍子打了一下，那是夏天，教室外校園菩提樹光影，原來我是有人養的。

十八歲成人，此前我擁有法定上的監護人，怪哉日日我都想當個小大人，身體既凍齡又創齡，十八歲便遙想八十歲的事，為此吞過不少苦。我非急於長大，我只害怕成為家族包袱，家裡已經太多人，再說我對「監護人」三個字實在沒概念，有次開學全班謄寫戶籍資料表，我忍不住鼓起勇氣諮詢同學監護人到底該寫誰，仙女同學A揮舞手上那枝貴得要死的0.38說：「就是寫爸爸啊！」

喔、好！我知道了，於是我就乖乖填了兩個字——爸爸。

家族說話術

我很愛講話，國中時因連續三天早自修在教室放肆開講，被教官記了一支警告，記得銷過方式是午休至學務處罰站，罰站時我捧著英文自修假裝背單字，實則與同學延續那未了的話題。哪裡來說話慾如蟬瀑土石流啊？聳聳肩，我嘛毋知影。伯公家祭彼日我邊跪邊跟堂姊抱怨天氣太熱，升旗典禮、宿舍洗澡、大雄寶殿，有人的地方我的嘴巴魚族吸吐般開闔不已。K書中心、校車上轉頭說話天天扭到筋，我曾是厚話閔仔，西牽東扯第一名，該保持肅靜的場所偏要製造聲音，自制機能故障地很徹底，後來乾脆自己發佈封口令，我把透氣膠帶貼覆於唇，別說了，拜託你別再說了！

不能不說啊，最怕場面僵死，全家集體陷入沉默的畫面讓我深惡欲絕，為什麼每個人進門下咒般自動失語？老兄、小叔躲回房宮透夜避不見面，父親仍在野遊，母親阿嬷客廳內收看八點檔呈呆狀，家族樓頂樓腳搬演失語劇，而我得當潤滑劑鬆弛家族硬塊，外套披頭殼模仿孝女哭墓，設法讓母親笑歪身子；加油棒立頭殼惹得阿嬤唸我是隻瘖丑仔，我不在乎出糗、醜怪，只擔心變不出新花樣，一心渴求家族表情有點變化。很小我便發現全家只有我能講能聽；很小便常錯覺自己住在蠟像館。忍住不說在我是大忌，在家我得解讀一家七口心內音，以眼神、以肢體動作；出門在外雷達掃射不利我家的發言，我沒資格沉默啊，聒噪、囉嗦、凡事問甲一支柄是楊家老么的本性。

所以現在我也懂得家族宴席上代表父親同其他長輩敬酒了，漫說些客套話給生性自卑的父親做足面子，摟住他的肩膀同大家說：「這攏要感謝阮爸願意栽培。」接著海乾三杯凍頂烏龍茶；也會代替我爸出面簽字，將阿嬤送進養護中心並與院長交涉所有醫病細節，父親挨坐身邊如面試生兩腳併攏，雙手乖乖擺膝上；阿嬤肺感染住院，白天實習醫師巡房，我是一臺問題製造機：血球、糖尿、發炎狀況要求量化呈報；父親國臺語咬螺絲兼口吃、發語詞先跟人道歉三分鐘，兜圈半天講不到重點。搖搖頭，袖子捲起，還是讓我來說吧。

誰想當蠟像館管理員？我是楊家小戶長，打造家族對話空間：母親節前兩個月訂位土雞城、普渡重陽中秋節慶過得像除夕團圓，小戶長張手臂做屋簷——喔我的家人，分明你想說些甜言蜜語、分明你可以放過你自己。

不願再記起那慘劇，地點永康奇美，八十高齡的阿嬤重大手術後子女南北歸來，我從臺中趕至醫院時大夥已圍靠病床，其時阿嬤意識尚模糊，術後氣若游絲，她不出聲情有可原，然為何低溫病室全家受罪似罰站，就沒人賣笑彎身說些鼓勵的話，要不殺時間猜說著病情、要不雙手交叉擺胸前，對看十分鐘，只剩不斷運轉的升壓機、抽痰器，病院走道推車的滾輪給出聲響。阿嬤吃力乾瞪著黃疸雙目，她也感覺尷尬吧，當病人好累，趕緊閉眼裝睡，我們向來最擅長視而不見。

是該說什麼？多像術科考探病，探一名與子女生疏五十年的寡母，哪些動作足以顯示關心：拍背、換尿布、清洗腸造口、輪椅推著散步去。分明你想說些甜言蜜語、分明你可以放過你自己——

遂讓我一手牽起阿嬤插滿針頭的右手，一手挽住難得歸來的大姑，發號施令：「爸，那邊左手你牽著。」指揮小叔、母親、哥哥全緊偎過來，我還沒開口，阿嬤的眼睛微微張開，鼻胃管嗚咽聲隱約傳來，是誰在哭泣了呢？

我家是一座電話亭

「家用電話」響起時剛好要出門，掉頭我虎視那方型機械陷入失神狀態，咦——這玩意為何會出聲？我家那支海藻綠、按鍵落漆的電話不響很久了，近年來家人手機取代四方來電，上一回打來的該是衛生所，內容通知母親抹片檢查的時間到了；再上一通是問卷調查、詐騙通話、打錯的電話誤以為是「一二三海產店」、「你儂我儂網咖」……零星通話數述說現代客廳造像的轉型，電話機係活化石。曾經我家來電如議員服務處般熱絡，而我是樂於衝第一的小接線生：「借問你欲揣啥人？」逗趣時字正腔圓：「這裡是楊公館、楊府、楊家別墅……」如果是小姨婆急叩，我就會說：「楊林蘭妳有情有義的小妹揣妳囉。」阿嬤每次都被我惹得笑歪身子，找她的電話最少。

父親電話最多，通常我都躲在二樓偷聽，心中忿忿不平何以來邀父親出門貪杯，幼年時我活在父親酒醉駕駛夢魘中，學會掛掉許多來電，或故意將電話擺歪，以阻隔外界消息，為此訓練我記人從聲音始，聲音比名字早浮出的能力；母親的電話來自後頭厝，通常講一個鐘頭，其時外婆獨居官田，女兒是談心對象，有次母親加班，外婆遂啜泣對讀國小的我滔滔不絕講了三十分鐘，內容極勵志、極驚悚：「今仔日警察仔來搜厝，足恐怖，你大漢一定卡乖耶。」那電話以哭聲淡出，留下錯愕的我。

我是電話迷，天天撥打查號臺氣象臺，米字井字鍵如部落圖騰是我的最愛。有陣子我喜歡跑至廟口或學校公用電話，投下一元硬幣，偽裝少女聲腔打回家說要找家兄，接電話的常是二爺爺，三十多年來他固定坐在電話機邊亦如老接線生，我學生時代的緊急聯絡人。記得家兄接起，才發出喂聲，立刻我崩潰笑場，如此惡作劇我玩了五年——我應該很多話想告訴他吧。手足情感千絲萬縷，手足生來爭產爭寵，家兄大我五歲，他看我從母親肚子剖腹跳出，一路求學、待人處事皆將他狠狠比落。中華職棒他最挺兄弟象，我遂堅信自己是他最摯愛的弟弟，兄弟二字是我得修習一輩子的功課。

電話內外聲響在我腦袋曲曲折折引出一張家族聲線圖，八九〇年代，我家這棟三層樓仔如收容所藏躲來自現實生活中失業、離婚、輟學、病乩童等畸零人族。我家客廳遂如大型電話亭，提供寄居人士或哭鬧或淫笑發出劇本殊異的對話：「你別管我，乎我來死！」、「救我！我人在大內！」我家是逃家者基地臺，那概是某位鱸鰻的七仔，一手持話筒，一手拉住六七歲的我當她的定心丸。從中我學會傾聽陪伴的能力，實則我同時也在讀秒，電話費很貴呢，這方面自小我便算得很精。所以，電話費誰出呢，立刻我想到是你，喔，老接線生。

電話費也是你的租屋費。

我想起你，阿公，轉身進門將電話接起，它響很久了，一如你搬離我家十五年久。

電話劈頭：「請問這裡是玄天上帝廟？」

我機警意識到電話找你，過去你是廟的管委。

「不是玄天上帝廟。」

我卻沒辦法說是打錯，我們擁有同一組家用號碼。

「所以這是李貴木的家？」

對方命中要害，我也想知道這裡是你的家嗎？

恐懼陣陣海撲過來，世界逼問於我，而我答以不知所云：「他現在不住這裡，也不知道住在哪裡……」

「有辦法聯絡到他嗎？」

他死了，幾乎我就要脫口而出。

「好，那我再問其他委員好了。」

「嗯。」我將電話掛斷，心想著——如果真找到了他，請幫忙我轉達，這些年來，我非常思念他。

大掃除，除以一

夢見小學五年級被導師委命監督班級外掃區，我不需參與早掃工作，喨著喊口令、點點名即可，但我總感覺失禮，平平攏係學生，哪有不拿竹掃把竹畚箕的資格。記得那掃區有成排密集欖仁樹得以擋住陽光與住宅區噪音、菩提樹下有低年級學童嬉戲、羊蹄甲落葉堆尤其難清理，粉色花屍與水泥地面碎糊成一片，我也趕緊跟班上同學打成一片，加入勞作隊伍替班級整潔成績努力——應該的，不想成為例外，團體生活我最害怕例外、不合群……

你被我抓到不合群。過年前大掃除跑得不見人影，但我從未懷疑何以你能脫隊四界遊樂去，徒留我們六口自客廳拚掃至三樓神明廳，我們這支大掃除隊伍以楊姓為名，你不姓楊、戶籍也不在這裡。「根本當作住旅社。」你的天敵，我心中強悍八嬸婆為你下註腳。

既住旅社，遂也沒有央求房客清潔的理由，你缺席我接受。

為此每年大掃除，竟成我們楊家真正團聚時刻，這裡畢竟是住家，不是旅社。

難怪我喜歡大掃除，阿公。

難怪平時情感冷落的全家人，在屋內大型家具、冰箱、電視、鞋櫃、菜櫥紛紛移置騎樓時，竟自動客廳各就各位，雨鞋塑膠手套全副武裝，忘情刷洗如慶祝，收音機轉開當工作背景，曲目當是全家都愛的黃乙玲，〈水潑落地歹收回〉。基本上我是來亂的，負責輕微的工作：長柄刷頂天花板勾蜘蛛絲、顧水龍頭兼替母親拉水管、擰抹布丟給鋁梯上的父親，阿嬤搶先在廚房搬動她十來桶醃漬筍乾與菜頭，懊惱該藏到哪裡，醃漬品無有效期限，大掃除日即是它的大限。

我喜歡在水深至腳踝的一樓滑步，歡愉與放鬆前所未有，更多時候我坐在騎樓臨時的客廳翻讀清理出來的舊日信件，奇怪我鮮少在客廳裡看一分鐘電視、讀一秒鐘的報紙，我家客廳只黏外人不黏自家人。我也在撤退而出的擺設間穿梭，彷彿看到理想家庭圖像，其中便有寡言小叔笑開與父親言談，母親講著電話比手畫腳，家兄擦拭他的昂貴球棒，我正在聽阿嬤說夢、幫她解夢，當然沒有你。

你在正午突然出現，帶回三碗陽春麵、三碗乾麵附三碗清湯，兩百元的滷味切盤有我最愛的鴨頭，依然你沒有加入打掃隊伍的意願，卻叫外賣送來買五送一的綠茶，中場休息，記得我們如露天劇場上演放飯戲碼，聚在騎樓進餐的經驗未曾有過，看見你回來大家陷入沉默，麵還是吃了，飯後各自東倒西歪小睡片刻，無客廳可去的你只好坐機車，呆望淨空出的客廳，你想起健保卡診次蓋滿，且是E卡，不如來去換一張——

你在騎樓蒼蠅般翻找，努力想像這裡就是客廳，然後判斷原本放置健保卡的位置應在鞋櫃前方、電視機右邊的報紙箱上頭，但鞋櫃目前被擱置於路邊，兩扇鞋門大開，賣鞋攤販般一雙雙曝曬陽光下，沒有你的鞋，你失足；電視機擺在地上，上頭的黃乙玲已經唱到了〈講什麼山盟海誓〉，你苦尋證件，原本凌亂的擺設更加凌亂，我們極緊張，就怕你誤會我們同報紙將它回收賣錢，更怕你誤會我們藉機趕你走，把身分證健保卡藏起來、不讓你看醫生。

樑柱下清出的垃圾七八大包，阿嬷拉著我，一袋袋倒出來，你也蹲身一起找。空氣中白博士魔術靈消毒水味，我的鴨頭食之無味，綠茶無糖無冰。

父親與小叔與家兄消失無影。

母親走出騎樓劇場，和非議我們的路人觀眾暴發嚴重口角。

臉書家

我們家的人長得都不像，集體出門沒人肯相信是一口灶，我遍尋不著自己五官遺傳的起源，父親、姑姑跟阿嬤長得不像，我跟父親、大哥則是三張找不到關係性的臉，我如丟了臉的孩子，難怪從小被我阿嬤唸「不像樣」。有回大哥的同學看見我驚呼我們兄弟長得太像了，我聽了心情像中獎，異常激動，跑到浴室照鏡子，是像哪裡：鼻孔、顴骨、印堂嗎？

搖搖頭，根本就不像，羨慕極了全家上自曾祖父、下自剛出生的嬰兒都能有憑有據的臉。相似外貌如家族印記，擺脫不掉的血緣證據，活生生地寫在臉上。我們家的人長得不像，多少因為生疏的情感養出生疏的臉蛋，而我一心渴望與誰的臉扯上關係：模仿阿嬤震怒的表情、母親老花瞇眼看電視的臉、父親坐姿、騎車動作皆學起來放，臉不像，至少個性像吧？喔不，我們家各個圓型人物，抓不到心緒，是學不來的。

不像有不像的好處，就害怕時間久了認不得彼此，一如我漸漸認不出阿嬤的臉，她歷經無數次肺炎，八十公斤重的她瘦到剩一把骨頭，臉部地形嚴重塌陷，囚似雙手戴防抓手套，雙腳變形如特技表演，頭不停搖晃，嘴角汩汩溢出牛奶，側身哀望向我，她也怕忘記我的樣子吧？

有時懷疑自己骨子裡藏躲冷淡直至無情的靈魂，連我都感到陌生，比如臉書上我從不願意確認與家人的關係，大哥對我發出「好友通知」大概三年，他都親臨我的眼前，偏偏我就是不與他相認，網路世界讓我再度變成丟臉的人。

我是丟臉的人，現在才懂得一張張撿回來，同時驚覺好久沒有細看母親的臉，我捨不得她說自己變老、變醜，去年她來臺北陪我領獎，同學見她直誇楊媽媽好有氣質，她開心足足半個月，我見機加倍渲染：「對啊，說妳很年輕，不用保養，看不出五十五。」要五十五了，母親剖腹生完我後，臉部一夜冒出無數暗斑，那像是我未及從她子宮帶出的血塊，留在她的眼瞼與下巴，每次看見立刻想到她為了我挨過一刀。

我們會不會多少長得像某位祖先呢？據說我與過世的祖父相像，連父親都未曾謀面過的祖父，家裡只留有張他的軍人證。嬸婆們形容祖父外貌清秀，照片確實乾淨斯文，我對他的想像則停在阿嬤驚魂未定的口述中——溺死於曾文溪的祖父，遺體為人發現時已腐爛七八天，他兩眼爆炸，頭皮脫落，身上發出陣陣惡臭讓岸邊收屍人對他搗鼻而走。

我想到我們鐵定或隱或顯遺傳著歷代公仔媽，廳堂遺像牆住著無數個死去的自己。

最近回家看到父親懶睡於客廳，我忍不住笑。阿嬤還在家時，那是她專屬的床，有一點臭尿騷氣，我們下意識坐遠遠。我注意到他們母子越來越像，肉肉的臉，黝黑的膚質，母親說腳底盤也像，走路更像，阿嬤不能走至少五年，如今看見父親笑著向我走來，彷彿阿嬤也從安養中心歡喜歸來。

常動念拍張家族合照，連地點都想好，在人車來往的馬路邊、騎樓下，讓行過的村民見證，並紛紛發出欽羨的歎聲。阿嬤沒當過主角，大位當然留給她。不請攝影師，我的相機還不錯，腳架四年前即準備好，還能十五秒倒數，太緊張也不擔心找不到鏡頭。照片張數無限加洗，硬性規定家人各領回一張，姑姑那份特別放大，我最怕她忘了我們的臉。其中一張擺在客廳電視機頂，我羨慕有全家福照的客廳二十幾年了，為此我終於能向人炫耀——我們家也有這一天、我們也像從同個模子印刻出來。

童蒙好物：二爺爺的輕鬆小品

這不是件輕鬆的事。

像多數人家客廳都有面貼滿獎狀、吊掛電子鐘月曆的木板牆；像牆顏爬滿永遠撕不乾淨的紙渣糊狀如時間烙痕，我小時候怕死客廳那牆，像路邊公佈欄租屋紅條社區通知告示，髒醜的牆顏述說著這是個訊息極竄亂的家族。雖說那牆有隻長頸鹿壁尺得以測量我發育速度，廟會符咒似的香條，是每年遶境隊伍經過時，家家戶戶收來保平安用的。

我想起那牆顏也如爛臉黏了張忍字畫，哀狂揮毫的忍字底打油詩般寫著風涼話，什麼「度量大一點、脾氣小一點、嘴巴甜一點」。

那忍字拿來隱喻我們家族小史多麼適切。

我想大家都忍很久了。

忍字畫底於我童年記憶還有箱鋁箔包飲料，該是便利超商尚未進駐鄉村的年代，每週二爺爺載我到專賣金銀紙的雜貨店，任我開心挑選，我手指比什麼，他立即扛回家，我阿嬤有名言：「恁阿公錢上濟。」我們兄弟從小喝飲料以箱當單位，生活綠茶紅茶是基本款、雀巢檸檬電視廣告倒頭栽進游泳池很誘人、咖啡廣場巧克力味道最濃烈，我們卻偏愛「輕鬆小品」果汁口味，暑假兩個月消滅好幾箱，為此普渡祭祀都改拜輕鬆小品。

我想我也喝太多飲料了。

父親當年給出警訊，多喝水，聲東擊西，他想說的是「別再買飲料給我兒子。」母親偷偷拉我到房間：「不准跟出門。」

不准拿二爺爺半毛錢，我們算得清清楚楚。

我把二爺爺給我的愛記得一清二楚。

如此幸運，家族排行最資淺的我擁有最多疼愛——我有很多很多愛——初上幼稚園開始留校午睡，清晨上學二爺爺像行軍力揹我的棉被枕頭，一手緊牽我破霧走過楊家古厝、途經朦朧微雨牧羊場，楊家族裔般四處以日語問候，記得他將我託付給幼稚園老師時表情好靦腆：「我孫子就拜託妳了。」我想買手搖自動鉛筆，大熱天他載我問遍善化鎮五六間書局，停車不容易，二爺爺對我最富耐心；幼稚園遭同學霸凌，他到教室拿掃把找老師理論，全班集合排排站要我認兇手，壓根記不得誰打我，乾脆隨便指，害到許多乖學生；我們兄弟古厝埕口打棒球，哪來流氓搶走我手上塑膠球棒往我哥的頭K下去，慌亂中我借膽三字經對流氓叫囂，快步衝回家呼叫二爺爺，東西南北他帶我查戶口般挨家去認人，二爺爺事後被流氓家人取笑：「你這個住免錢的外人，還好意思來大小聲。」

他是外人，喔他不是外人。

六〇年代二爺爺住進我家，直至一九九九年被請回去。二爺爺真實身分是我大丈公，不是我的阿公，卻算是我的親人，親上加親換來更徹底的疏離，我害怕疏離，客廳我們假裝圍爐、過中秋、看連續劇與中華職棒，日光燈如死神放出冷光，我怕爛牆更怕冷光，全家目光集體洞然無神挨渡三十年。

不再同他伸手，儘管以前幾乎路頭遇到就是「阿公我要五十」，五十很多了，我學著存起來，像從二爺爺身上討點公理什麼。

被有意告知錯綜難解的家事，我也忍很久了。

二爺爺文文笑要載我去善化牛墟逛市集，我不要。

二爺爺偷偷買好味全龍棒球卡，坎沙諾，我頂嘴：「你自己拿去啦老伙仔。」

我需要喝更多輕鬆小品。

成箱飲料曾是二爺爺疼孫的證據，二十四入的輕鬆小品現在我也買得起了，兒時半個月內我們兄弟喝掉三四箱，總價千餘元，我不願相信，那千餘元原來是二爺爺歇息我家的租賃金。

童蒙好物：Game Boy、電子雞、積木神轎

戰後初期《民報》上面有則新聞標題寫「日機殘骸改裝玩具」，短短外電述說著戰時千噸戰火殘片，戰後如何搖身變成鐵皮玩具與孩童相遇於商場的故事：我想像那骸製的腳踏車、骸製擊鼓兔、機器人到了孩童手上仍有戰火餘溫，那定是時代的熱度、戰事的延伸再延伸。玩具世界莫非比人生殘忍？戰前楊逵有篇〈泥娃娃〉寫孩童生手捏製泥坦克泥軍艦，將父親趕稿的書桌私擬成爛壕戰場，嘴上念念有詞要攻下新加坡和南洋。玩具激發孩童言談力，面對玩具帶科帶白，什麼衝啊殺啊咻啊如小劇場，創意力可愛力如十分大瀑布傾瀉下來。

我對臺灣小孩的玩具史懷抱高度興趣，玩具打造想像力與古錐力，玩具當然也複製成人對孩童的偏見與期許。父親的迌迌物仔概是尪輸贏的尪仔標、玻璃彈珠；母親幼時心愛的金髮芭比最後像《紅樓夢》的平兒一起陪嫁到我家來，我玩過一陣子；我們兄弟多的是裝電池、接插座的電動玩具，灰白色系GameBoy，紫色圓鈕與十字按鍵外觀極素樸，流傳在我們手頭那臺是伯公從日本帶回來的，我很想擁有一

臺；電子雞風靡的年代，我也好想買，同學且幫新寵命名咕雞，上課他偷偷替肚痛的咕雞清大便被老師發現，那老師脾氣大，電子雞抓起摔在地上四分五裂根本是殺生嘛。我們兄弟也曾自行研發玩具，從前跟父親跑廟會，沒被抓去跳八家將，卻學會把民俗元素如文化創意融涉在玩具體系，比方把積木拼裝成一座座神轎，再用肖像貼紙比擬無形神偶，人狀的扁扁（別名拚拚、塑膠玩具）是隨行的進香客，我們特愛在二樓樓梯口上演進香戲碼，用嘴唇製造鞭炮聲響如口技，進香完畢神轎擺在電視機頂，如此也像回鑾與休息。

臺灣曾是玩具加工王國呢，沿省道新市永康段有過幾間玩具工廠，和我家關係不親的姑姑任職於此，有年返大內帶回剛出爐的上市玩具送我們兄弟，唯一的一次，記得是雙層卡車上面載滿十幾輛烤漆迷你鐵皮汽車，我媽忙推辭說開太多錢、以後免了，以後真免了。我們兄弟差五歲，玩具泰半和哥哥共有，我獨享的印象只剩吸盤娃娃，堂哥夾娃娃機達人，九〇年代初他從東帝士百貨夾到中正路中國城，他溺斃在安平海邊不久後，三十隻娃娃遺物送到我的手上，我將它們扮仙般黏床頭陪我入睡，我還說有隻跟堂哥長得好像，母親趁我上學硬生拔起收進垃圾袋，說長大點再還給我。

長大點就不喜歡了，雖然玩具時間無分際，所以懷舊竹蜻蜓能和憤怒鳥共存；

復古大同寶寶是Q版公仔的前身，玩具本是超齡物，健身器材是成人玩具，健身中心則如遊樂場；記得阿嬤初住養老院彼日，我趕回臺南看她，她也在等我吧？養老院築在西拉雅族聖地的頭社，我騎車入山探望，在擠滿輪椅與一窩窩翁姑的視聽中心鷹眼掃射她的身影，其時阿嬤穿著圍兜瑟縮角落玩益智拼圖，我快步過去喊她，她見我立即像個孩子玩具扔掉，眼淚忍著不敢流，我感覺她嘴裡不敢說出的心事——她想回家。八十歲的阿嬤打公學校畢業再沒度過團體生活，家中雙胞胎妹妹又剛出生，阿嬤的老人玩具應是妹妹，不該是七巧板，不該是層層疊。

現在我手上的智慧型手機約是最普遍的全民玩具，人人退化成猴形者當低頭族，我彷彿看見捷運車廂內你我掌心放出光芒更像外星族，東西南北掌聲響起，我們同時抬頭瞪大眼睛，怎麼這地球原是座巨大的發音玩具。

童蒙好物：畢業紀念冊

不要尋出霉綠斑斕家傳銅香爐如張愛玲；也不要點首Stand by Me聽支眷村故事如朱天心。我想你得做心理準備，起身找出封藏老家倉庫或書房暗櫃、床頭櫃多年的畢業紀念冊來。別拿到厚如《漢聲小百科》、最前頭有校長鬥雞眼沙龍照與教職員工大頭貼的那本喔，嘿，我要的畢業紀念冊是國小才五年級就好風騷跑到小鎮書局或金玉堂翻選老半天、要價大概兩三百通常拖著媽媽買，隔天便急著到校四處傳閱給同學寫填個人小檔案的那一本。我打賭你捨不得丟，儘管這些年來你很少、甚至欠缺勇氣打開它，偶爾還心生不如毀屍滅跡算了，你常說：「好丟臉，小時候不懂事啊。」卻又細心呵護滿滿溫馨祝福、黏滿書籤小卡而熱脹的紀念冊搖頭感嘆好懷念、好真心喔。

真心都是一樣的。我是指畢業紀念冊的寫法其實六七年級差不多，比如你鐵定曾在開本首頁便言明使用規則，最常上榜的條款是「少用立可白」或「請使用有色原子筆」，強迫規定要寫「喜之人」，喜字通常用紅心圖騰，喜之人怕看都莫名其妙用一休和尚、神眉的鬼手貼紙黏起來，或寫「嘿嘿你知道的」。多像場國小轉大人的文字秀啊，畢業冊的個人資料像幼稚化成人名片，不那麼僵硬如掛號謄表，卻也有它的書寫範式，你會有印象，比如說……

比如住址後面都極後設寫「好風水」；生日置換成「破蛋日」必說「記得送禮」；電話號碼則是「常來電」（電字同樣退化至圖騰思考，閃電標誌如ㄣ）；好友不外乎「少不了你」、「一托拉庫」。比較難進入的是興趣，庄腳所在竟生出壓馬路洗耳朵的天大謊言；喜之花十個九個半會說薰衣草、滿天星和風信子（滿天星是餅乾吧，不是還要套在手指上吃的嗎？風信子莫非看櫻桃小丸子學來的？）我小時候對「喜之花」腦袋起霧只有兩選項：菜瓜黃花和自然課種到衛生紙生菇的豆芽。至於偶像，其時阿妹剛當天后、徐懷鈺林曉培最暢銷，「喜之歌」後面也是極後設寫「好聽喔」，歌單〈剪愛〉和〈聽海〉，如果你有同學正開始補芝麻街、何嘉仁美語又愛炫學，都習慣把阿妹的Bad Boy寫成壞男孩；喜歡CoCo李玟滴答滴的唱國歌都會R&B；〈對面女孩看過來〉、〈傷心太平洋〉不會哼的到學校會沒朋友，後來讀王安憶《傷心太平洋》，心想天啊任賢齊也在寫小說。

寫畢業冊如應用文也得結尾應酬語。你勢必看過有人把緣啊夢啊醉啊描地像草書行書、華康抖抖體；一帆風順的一字拉很長其實是筆尖打滑；步步高升畫階梯和腳丫子、寫「勿忘我」已有點過氣了，但筆誤寫成「匆忘我」的大有人在；以詩相贈的老傳統不能斷啊，所以打油詩是基本款，什麼「富閔富閔亮晶晶，半夜起來發神經，走到廁所去唸經，出來變成狐狸精。」我心想真的是謝謝你喔。

那該是最早的集體手作書，凝聚小學生原始人創意的圖像書、自我書，太真心才會不敢看。手巧有勞作天分的都把小卡貼成扇狀蝶狀（往往是美少女戰士，從月光仙子排到最難蒐集的水手土星）；也有喜歡壓花枯枝將畢業冊裝潢到長蟲還落葉換季；千萬別專程去買一組快五百的0.38百樂極細鋼珠筆啊，我寫故我在，肯提筆寫字現在是稀有動物，「字醜勿怪」，書面語言之喪失，其無情如山洪暴發土石流，想起我又要畢業了，乾脆再買本紀念冊到研究所傳著寫吧，肯寫、真心都是一樣的。

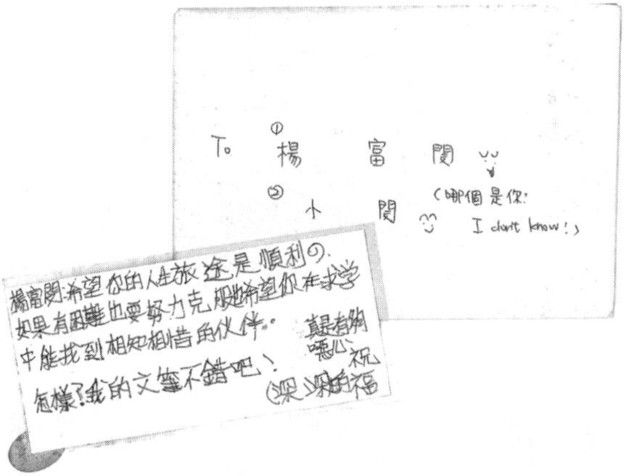

上課傳字條、手寫聖誕卡、那些活頁手札冊現都塞哪啦？不同時期祝福、不同時期暱稱、不同時期遠景，集合拼構現在的你。很早我們便開始運用文字謄下慶賀語句，也同時藉由文字考試、掩飾、爭輸贏。

童蒙好物：我家也有《漢聲小百科》

記不得家裡那套小百科購入的年代，只聽說書商到鄉里推薦，母親眼見同輩媳婦瘋狂下單，不服輸的她袖子挽起加入團購。我有印象小百科就站在書櫃最底層了，重量不輕的小百科不能擺太高，放低安全又好取閱，它是我童蒙時首級讀品，現在是我捨不得割愛的頂級收藏品、精品，《漢聲小百科》於我是知識源頭活水、是童書界奇蹟。

八〇年代出版的《漢聲小百科》，按歲時節令共纂十二冊，每冊主題、顏色殊異又分本土、生活、一般科學、歷史故事，「歷史上的今天」訓練你的歷史敏銳度，此書知識體系龐大，圖像化與科學導向讓臺灣變成親切的學問。和我年紀相仿的朋友，童蒙時大都有個長得像大雄的朋友叫阿明、像宜靜的叫阿桃，小百科是外星人，肚腹太極圖騰超吸睛，我對它的印象停在二月號的「家」，一張道路剖面圖赤裸呈現地底七彩水管，水管流著濾化自來水到各家公寓，記得小百科最後從廚房水龍頭挾光束俯身飛出，我心在鄉村雖不能至，但它讓我對都市產生好感。

我們家是不太替孩子買課外書的，父母工作七天，中午放學整棟透天厝只剩我，阿嬤被二爺爺載去耕他好幾甲的田後，我便拿雨傘勾下鐵門躲上樓，我不習慣午睡，獨自於擠滿全家四口的三坪房用二十吋小電視看〈新人歌唱排行榜〉、或買張一元圖畫紙對牆壁寫生，或啃讀《漢聲小百科》直至忘我出神。

我的小百科讀法初始是翻翻看看。八月四日教你拿筷子，我拿鉛筆練習夾彈珠；學校大掃除，隔壁班爬出五條蛇，我去看游向水溝的草蛇，回家趕緊打開也是八月號的小百科像專家比對蛇種。

我的小百科讀法偶爾是假扮小老師批閱。那是慘案，每頁我都用彩色筆塗鴉，喜歡打一百分，地球科學則畫大問號，腦袋像裝高溫岩漿，讀到頭痛燙燙燒。七月號遠足到出雲山闊葉林看國寶鳥藍腹鷴；史前魚腔棘魚的故事翻到能背；叢林戰士李光輝令我記起藏身山林多年的叔公；阿桃隨奶奶去關帝廟上香也讀了好幾回。

印象最深刻地還是二月份的「家」，兩大頁的三合院透視圖如風俗畫，畫工極細緻，我喜歡對照右下角那樹枝族譜去找蹲尿桶的大祖母、後院打井洗衣的嬸仔，三合院前的半月池讓人想起板橋林家，這龐大家族的日常生活，多少消解現實生活中我得面對五百公尺內全是親戚的焦慮，而「我」又在哪裡呢？我在正廳外看阿公貼春聯呢！

我的小百科讀法最後是邊看電視邊查書。衛視中文臺的〈臺灣探險隊〉是我的最愛，禮拜四晚上十點和母親搶電視，一心想隨李興文去八通關古道、去陳有蘭溪谷，清晨醒在溪邊還能遇見長鬃山羊汲水的生活讓我神往，為此找出小百科「野外求生」系列，在床上用棉被枕頭練習搭簡易帳篷。

我的小百科讀法永遠少了媽媽教授。「媽媽教授」專欄類似延伸閱讀，我媽下班忙加工，沒空伴讀，倒是圖解懷孕那月份，她曾湊過來瞇瞇眼說：「啊！你就是這樣生出來的。」

最近雙胞胎妹妹需要學齡前讀物，學齡前的新臺灣之女該看什麼書？想到人家小百科有個弟弟叫小小百科，像小小彬之於迷你彬，大耶斯之於小耶斯。我才意識自己到底沒趕上《愛的小小百科》的年紀、沒看飽童書就長大，忍不住就打從心底羨慕起我妹妹來……

我愛孫燕姿，我一人的其仔瓦

二〇〇一年夏天，我準備升國三，迎接試辦第二屆的基礎學測。十四歲男孩，滿臉青春痘，不太會和人交朋友，極彆扭，看不出叛逆期症頭，新興趣是每一天轉電視尋找小天后孫燕姿的每一個鏡頭。

有沒有？通常整點前後，大小牌明星MV輪放的黃金三分鐘。

彼時網路最大社群該是PPT與家族奇摩，影音上網正起步。日日我手持遙控器強迫症頻道往返「熱門MTV」和「MUCH點唱機」，我家第四臺是偷接的，頻道七十前後的Channel V和MTV訊號癱瘓，常只聞聲音不見畫面。

「媽，我明天要一個人去臺南。」

「你會搭公車嗎？公車路線不知有改沒？我跟你做伙去好了。」

「不要，我要一個人。」

「那你同學沒一起去嗎？」

同年夏天，我也從臺南一處住戶不到五十、人口外移嚴重，站牌名喚「其仔瓦」的小村落，搭上尚未因應載量不足，而替換成觀光小巴的大型興南客運攻進府城，車程過溪過橋過無數平交道，共一個多鐘頭。我媽極憂心兒子會流落街口，趕緊弄來國民手機三三一〇給我當指南針——我正準備去會見生命中的大明星孫燕姿，參加名為「尋找綠光全省蓋章會」，時間是八月十二。

心驚膽戰臺南地理課：安定、六甲頂、和順、兵仔市路線。公車上，側背包置膝上，雙手緊握夜市買來的《風箏》，安全感。夜市也有賣正版呢！我高中才結識玫瑰與大眾，早前在鄉下買CD都得挨等星期四到夜市專賣佛教音樂與兒童伴唱帶的吉普賽人攤位「預購」，時常拿到專輯已隔一兩週，倒楣遇見颱風熱季夜市停擺，人家電視MV都打到第四波，新專輯到我手上時都變舊了。

升國三，整晚我潛水「華納音樂線上雜誌」不讀書，在海藻綠版型掌握燕姿的動態新聞，看她從二十二歲女生蛻變成華語天后——新加坡本色，臺灣發光，而中國、而香港、而亞洲。母親逐漸察覺兒子世界殺出了一名陌生獅城人，總訕訕地說：「唉呦，這女孩瘦到剩骨，比我還沒肉。」母親吃醋，國中時碰到父親上夜班，母親跟我同睡，我的房間徹夜不斷電燕姿的前三張專輯，制約學習，母親為此能唱〈天黑黑〉世界名曲。

「到臺南打電話給媽媽喔。」母親八點出門上班，提醒初搭公車進城的我。

實情是手機根本從頭到尾忘了開，我心底只牢記地點新光三越民族店面，下午三點，我午餐沒吃十點報到，十點已算晚了，其時人龍老早曲折迂迴至中山路正門，現場音響重複播送大家都會唱的國歌〈綠光〉。

徘徊民族中山路三四趟，我遲遲不敢進場。沿三越廣場往赤崁樓方向耍自閉，路邊低矮錯落建築，販售潮踢板鞋與板褲，符號學，那些店家大白天莫名其妙打昏暗鹵素燈光，生命幫浦重低音，跳針經文般地街頭繞舌樂，玻璃櫥窗展示減數分裂出一個個陳冠希和周杰倫：古怪狗牌銀飾，素色帽踢很像雨衣，店長都愛低頭蹲店門口像幫路人穿著打分數。天啊，我穿得超醜，我要趕緊閉目小跑步逃走。

「你就背你哥哥去畢業旅行的愛迪達側背包就好啦？」

「不要，那假的，愛迪達沒有a，拼錯了。」

「那明天夜市仔幫你買。」

「不要，妳買的超醜，夜市貨最醜。」

一個人追星，心中酸楚難以言說。我緊握《風箏》驚慌失措到隨時都能飄走，也感覺熱到羞愧到近乎快溶化，放眼現場惟剩舞臺上燕姿巨幅海報與我相熟，別人都呼朋引伴、席地而坐如野餐在玩大老二，高溫燒烤的臺南通衢大道，歌迷會都用印刷燕姿招牌燦笑的塑膠扇搧風，我是邊走邊流汗啊，血糖驟降，還假裝愜意地唱有點搖滾的〈逃亡〉，這才開始感覺孤單。

我感覺孤單，多想跟人分享燕姿就要來了，東南西北卻沒半隻熟識的目光。

排隊偷聽持當天《大成報》能優先蓋章風聲，我忍不住搭訕前方袖套阿姨委請她幫忙顧位，才得知袖套阿姨是幫她在金石堂樓上補國三英語的女兒來排隊，比我更神經質的阿姨且硬塞十元給我，猶恐蓋不到章，神色惶恐說順道幫她買一份。

第一份《大成報》到手，卻為兌現袖套阿姨的然諾，頭頂豔陽繞過大半臺南才在東門路買到第二份。孰知待我原路折返新光三越，竟有滄海桑田感觸，不知哪來百姓竟如鹿耳門漲潮湧灌，我來不及意識袖套阿姨是被沖去哪了，趕緊搖晃手上《大成報》瘋婦似推擠進去……

天后駕到，算矮的我死命踮起腳尖，淹沒於一片「姿姿叫」聲浪中，反正沒人認識我，不顧變聲期高音完全上不去，喉結用力突出同現場兩三千歌迷高舉專輯呼叫。

那樣失心瘋的自己連我都不認得：我咆哮、我推擠、我偷拍……會不會那就是我的叛逆期症頭？

「今仔日好玩沒？」

後來每次進家門，母親總習慣問起。

「還好，好險妳沒有一起來。」

我忽然想起國高中時代，可以一天只說一句話，自囚臥房，脾氣大。

「你手機為什麼都不開呢？出門像丟掉。」

多年來，這也是電話接通後，母親開場白。

「我不習慣開啦，妳沒事別打給我，放心，我一個人，沒問題的。」

我愛孫燕姿，我的二〇〇〇

二〇〇〇年六月，我家迎進了第一臺電腦，款式型號不明，只記得搭配印表機，外加母親拚命砍價，總通透付掉四萬五，那也是歸排樓仔的第一臺，珍罕動物似讓擺放電腦的二樓擠滿觀看鄰居堂弟妹。同時父親也為我添購一組室內音響，那音響得以同時裝進三塊CD，功能超出手提音響堪稱家族奢侈品，為此書桌書櫃紛紛撤到了後院。是的，電腦與音響與參考書堆疊的冷氣房，一幅屬於青春期男孩的空間配置圖就這樣誕生了。

為什麼記得這麼清楚？只因孫燕姿就出道在二〇〇〇年六月，隨後五月天發行《愛情萬歲》，稍晚帽沿壓低的周杰倫也出道了，一女一男一樂團，擘劃世紀初流行樂壇新氣象，那時儘管困惑於大中華／華語／中文／國語樂壇用詞分界，不明其中暗藏的奧義，只隱隱感知一個新局面已經到來，我開始加入以燕姿為名的奇摩家族，並見證她從「沒有一個二十二歲的女生這樣唱歌」一路成為大中華／華語／中文／國語樂壇新天后。

喔、我中學時期真迷死了孫燕姿，一個來自新加坡、中性、大學初畢業、崛起於臺灣的創作女歌手，聲腔辨識度簡直一百分，燕姿展示著我未曾見聞過的國語咬字，她唱「橫衝直撞」完全到位，次次我都唱成「恆蔥紫鑽」。《孫燕姿》時期我只是隨俗消費者，真正引起我關注是她同樣發行在二〇〇〇的《我要的幸福》，冬日雪人裝扮的她，讓臺灣南部山區男孩隔著螢幕隨她癡笑毋驚寒——日後我大量剪報成冊，已消失的《大成報》、南部才有的《中華日報》皆不錯過；周邊商品小至仿冒鑰匙圈、護貝卡、大至代言人形立牌通通A到手，那人形立牌後來被我家附近撿回收的阿婆扛去賣錢，簡直慘案喔！

仍記得《我要的幸福》專輯內頁是在現已消失的東海牧場攝成，她跳躍、翻滾、招牌燦笑，形象如她歌名〈自然〉、〈直來直往〉；學測那年，我把〈逃亡〉歌詞抄寫壓在桌墊鎮日默讀如助念，也把歌詞轉化成作文，什麼「我還不清楚怎樣的速度，符合這世界變化的腳步」、「看你穿越雲端飛得很高，站在山上的我大聲叫」。燕姿對我來說最最砥礪心志。

其時許多歌手喜於挪用外國曲改填中文詞，我對翻唱頗感厭惡，唱自己的歌本是天經地義，為此當燕姿第五張專輯一曲〈不同〉出現了中文詞，驚嚇之餘、假裝沒事翻過去；或收錄專輯末的新加坡國慶主題曲卻是我心中的最愛，我們在海島臺灣把獅城歡歌唱成畢業主題曲：「生命不只是快樂／濃濃黑霧／籠罩我們／暴風雨就要來了」、「全心全意／怎樣都在一起／不同的聲音／唱同樣的歌曲」。種種錯亂心緒又到底隱喻著什麼？

大家都懷念從前買到新專輯，捧著歌詞本如小學生上音樂課。懷念等在電視機音樂臺前只為收看MV首播，那時我們還關心打歌進度，MV沒有至少拍上五支粉絲可會生氣的！

二〇〇〇年，我十三歲，燕姿二十二歲，如今我早活過燕姿出道年紀，電腦仍不時播放〈我要的幸福〉。

二〇〇〇年，我的電腦元年，電腦旁音響連日唱著〈E-lover〉，而我經歷著撥接網路、寬頻無線、舊式螢幕、液晶平板——

有天赫然發現，原來把CD放進光碟機音樂也能播放，嚇得我趕緊推出來。是不是、我撞見名之為燒錄的什麼？

光碟機不惟光碟機，立刻我感覺那音響貶值如廢鐵如擺飾。

現在燕姿每張正版高低起落在書櫃亦如擺飾，我的燕姿編年史就是我的發育史。

聽聞燕姿準備產後復出、欣喜之餘想說：「燕姿，就算妳當阿嬤了，我們也會永遠支持妳！」

我的國小同學醉倒在路邊

我的國小同學醉倒在路邊，本來，我是不該見著他的，他臉上仍帶著八家將的七彩臉譜，我是看見一隻八家將醉倒在路邊，在鄉內通往外縣市的橋頭，我認得出他來。他穿繡有廣澤尊王草寫字體的棉質汗衫，和一條鑲著閃電與藤蔓與神秘符號的手臂擱在路面，染金短髮的頭，赤著腳，仿冒寶藍色勃肯鞋就歪斜擱在腳旁，向橋口迎接二十四歲的我今日從臺北、從高鐵站，齊齊整整地歸來。

我的國小同學楊秉焜醉倒在路邊，在人車喧雜的路上只有我看見，過度日曬的黑肉膚底，和有檳榔渣的嘴角抖動如欲共我訴說。楊秉焜曾經是我國小同座多年的朋友。楊秉焜家供廣澤尊王，廣澤尊王麾下養三組轎班，鄉內大小廟會都有他們宮出隊湊鬧熱的場面。楊秉焜濃眉菱角嘴，運動神經絕頂，除了田徑隊、舞獅隊，會跳八家將，並自編步數，有靈異體質所以常說他看到器材室有鬼，據說他們宮老早相中他，等著抓來當乩，然後繼續接班養一間廟、兩間廟，氣勢幾乎壓過庄頭廟朝天宮。

記得從前週三讀半天，我會前往他們宮，在宮前門神旁共他趴在張圖印ㄅㄆㄇＡＢＣ的折疊桌寫作業，兩個小學童浸泡在一池檀香裡，竟神智清明地筆也快了起來。有時他們宮外會聚集約是就讀高職或夜校的赤膊男孩在哈菸，楊秉焜常生字簿擱著窩進去抽根菸。我知道他們是轎班子弟，家將們，出門都有載七仔，騎臺會唱歌、車燈閃爍，和周慧敏沙龍照作擋泥板的改裝車，以及他們都能說起乩就起乩、腿毛濃密的雙腿踩踏出神的足跡。楊秉焜和赤膊男孩喜歡在宮前表演翹孤輪，總愛約我上車體驗特技，我搖頭，楊秉焜和赤膊男孩帶著爽朗笑聲邀請我，那笑的嘴型如此迷人，讓我心魂久久未定。

更多時候我們功課寫完宮廟四周亂撿石頭、蝸牛，芭仔柴枝對天亂比畫；或者棒球手套戴著練習接球，我們都私擬是已解散的味全龍和三商虎，在廣澤尊王前說自己是龍爭與虎鬥。第四臺風行到南部的一九九五年前後，同樣是週三放學後的作業時間，楊秉焜鬼祟拉著我走進供廣澤尊王的神壇，隨後掀起壇旁繡有兩尾鴛鴦、鴉塗新婚誌喜的褪色絨質粉紅門簾，走進，便是他離婚父親的暗房。楊秉焜拉著我在電視機前盤腿而坐，嫻熟地將遙控器滯留在十七鎖碼頻道。彼時我們倆皆衣著水藍色運動服褲，南國悶熱通風不良的隔間，至今我仍不明白，何以最後會將短褲、內褲全褪掉，然後、迅速穿起——當電視畫質漸漸受到不明雜訊干擾模糊，而赤膊男孩的七八臺摩托車聲忽然逼近時。楊秉焜有沒有褪去褲子我忘了，但他國小便跟流行也吹中分麥當勞頭，我著迷於他麥當勞的弧型，視他為這世界上我最最看得起的不良少年。

然我又有什麼資格去看得起誰？一路班長、糾察隊、外加前三名讀上去的我，是怎也不願意在課堂上與他們站同邊，可我也曾是個會跳宋江陣，跟著父兄四處與陣頭廝混，接近老師們會多加留心、聯絡簿需再三批閱的問題學童，差別在我不哈菸，不在校外聚眾打架耍流氓。學校內，我將鑼鼓檀香、聽的聞的全給拒之於教室外，我成了負責記下他們名字的優良幹部。每當楊秉焜和他的朋友躁動，喧嘩，坐立難安，在下課或午休時間播放舞曲大悲咒，集體起舞於講臺上，手持美工刀作刀作劍，喜洋洋彩色筆塗得滿臉詭異線條，眼神殺狠，翹首、斜瞪老天，他們割舌、晃腦與搖頭，聲帶發出尖銳長鳴，他們步伐到位、幾秒內就在教室內擺出陣式。那時，我業已習慣和成績良好的學生當朋友，我是老師得意小幫手，榮譽卡五十張，好幾年獲選模範兒童。

我心中隱隱騷動，我們靈魂似是重疊，似是分離，似曾是同個人同張臉。

表面上我的學業、品行沒有問題，卻無法迴避我和楊秉焜其實是同種。像父親四十歲前後熱衷與幾個單身或者失志的叔叔，日日入玉井轉高雄甲仙一路向南參拜，就為槓組大家樂明牌，貪欲橫流，父親尤愛左鎮深山內的「牛稠仔」地段，不安神偶的五坪無名宮廟就藏身蕉欉間，據說養著無形祖師爺。夜半兩點求財車隊父親領頭，滿嘴髒話的叔叔坐副駕駛座，留我一人在後座緊緊扶著生財小轎不斷發抖。或是年年出巡三峽祖師廟，愛睏的我和黑白無常大仙尪仔睡在大貨車上，同夜席地而睡的還有八十多歲的前爐主，本還聽得見在打呼，隔早我醒來他剛好被扛上救護車，狹心症猝死，大家都訛傳前爐主準是半夜脫隊玩粉味。

其實父親也認識楊秉焜他家的廣澤尊王，那套在鄉間以大小宮廟為據點，串連起故鄉人際網絡支架並拆解我的童年，中年男人過剩的精力，神言與魔語交疊成層的妄想，不停干擾我成長的節奏。故我從不在學校談起，對「相信」極度感冒。天亮變回品學兼優優良男孩。是、我是羨慕楊秉焜校內校外性格一致，想加入，我看見他們手工細緻的臉譜下有掩藏不住的喜悅，他們手腳活絡，保持跳上跳下的本能，而我乾有張純白潔淨的臉、健全的四肢卻無實質感情可言？我懂得掩飾，得體有禮，尤其當他們在教室內鮮血滿面，他們痛與不痛都強烈對比側身冷眼的我。對，在原生的故鄉，最初的教室，我們早已決定用不同的方式看待這地與天於日後二十年三十年，但我還是看見他了，像看見楊文霖（邢府王爺、會上乩，無升學，已婚育有一子。）、楊武獻（內山仔福德正神神轎班班長，車禍死）、楊祥輝（李府千歲派系，近況不詳……）。同時看見端坐椅子假裝背九九乘法的績優學童，我也擁有了一張色澤更為繁複多樣的臉。

我的國小同學楊秉焜醉倒在路邊，呻吟不止，我知道他要說話。我和楊秉焜失去聯絡在國小畢業那年，我轉向私立天主教而去，他留在家鄉的國中求學。前些年在大型廟會還真見成了乩童的他頭頂刺球、瘋狂操砍七星劍，赤足走在炎夏的柏油路上展神威。但神轎只剩一班，聲勢慘跌。後來就聽說廣澤尊王廟發爐引起大火，廟不見修復，接著傳出楊秉焜十七歲和進香結識的花鼓陣少女結婚，生了個兒子。我其實嘗試過和他打招呼，在我書越念越高，並且開始將研究興趣轉向臺灣、轉向民俗，多次鄉內作醮時和他碰頭，秉焜依然中分、帥氣，看上去是已蒼老許多。他牽著孩子主動共我喊聲、叔叔好，說正打算組織新的轎班，還問我要不要捐點香油錢替新廟募款。遂才有今日我撞見他醉倒路邊橋頭，在北風襲至的南國故鄉山腳下，下車垂目望著這隻壯碩的八家將立即感覺陰冷——我清楚確定我過得比他好，對曾寄種在秉焜身上的真實情感通通不重要，我從而明白，自己究竟不夠誠實面對我的文字、我的書寫、我的記憶，又談何告別？忽然，他的醉相漸漸露出獠牙，他瞠目、手直直向我指來，楊秉焜、楊文霖、楊武獻、楊祥輝集體發出長鳴、日光強射中他們說：「報告老師，楊富閔他也有講話，他都只記別人，不記他自己。」

不是醉話，不是神噎，是真的。

我受到嚴重驚嚇，淚哭不止，逆著回鄉路途往橋那頭奔去，彷彿聽見他們家將扮相的繽紛童顏，還稱呼我：「班長，真久不見、好久不見……」

自評表

那天家用電話再度響起，我正在二樓上網，手邊即是另一臺分機，傍晚來電多年來的經驗大概會是外婆，我聽見一樓廚房款晚頓的母親快走至客廳接電話，因隔間不佳，或母親嗓門大，我在樓上還得以清楚聽見她的臺詞，語氣不那麼興奮，重點是還使用國語，會是醫院打來的嗎？阿嬤彼時正躺在柳營奇美。人在二樓的我於是將電話同步接起——這我從小竊聽父親電話養成的習慣，若來揪喝酒與賭博，我會故意製造古怪聲效：通常是亂碼鍵盤嘟嘟聲，情況危急時便祭上尖叫與咳嗽與打噴嚏，阻擋父親出門之意志是鑽石般堅定——

聽了個幾秒，才明白原是機器人般的男聲市調：母親口氣則如面試女學生，認真答覆設計呆板思想僵化客製化問題。我從未見識過這般專注與世界溝通的母親——我想像她的表情就像當年跟我研究落點分析表儘管根本看不懂。此回母親耐心程度倒像一次她對為人母人妻人媳生涯四十載的自我評估，於我則更像一張二十歲兒子績效鑑定單。我起初有點罪惡，可實在太想知道母親如何向世界表述她的人生於一紙問卷，為此我細細聽了下來：

請問您對目前的健康狀況滿意指數為非常滿意／滿意／普通／不滿意／非常不滿意——嗯……還可以。（這位太太，哪裡來『還可以』選項啊，人生最怕選擇題，最好的答案都不在選項裡。）

請問您對目前的居家環境滿意指數為非常滿意／滿意／普通／不滿意／非常不滿意——嗯……灰常滿意。（灰常滿意？二十年前，她無照駕駛，冒著被警察仔逮捕的風險，載我來到彼時建案風起雲湧的南科平原，日日我們奢想其中一棟定是以後的家屋，不要求擁有自己的客廳與房間與廚房，但求至少不再有陌生人出入，二十年過去了，現在她的答案是灰常滿意，感覺怎麼樣，我問我自己。）

請問您對目前的經濟收入滿意指數為非常滿意／滿意／普通／不滿意／非常不滿意——ㄟ，灰常不滿意。（基本沒停頓考慮，立刻拋出答案如頭巾斗笠上街吶喊隊伍之一。）

請問你對目前日常生活幸福感指數為非常滿意／滿意／普通／不滿意／非常不滿意——嗯……滿意，不對重來（還重來哩），嗯……灰常滿意，很幸胡。（我突然鼻酸，辛苦不辛苦毋須再言，母親對外一句很幸胡，讓我反省自己是不是太嚴格？我嚴以律己，同時嚴以待人？）

非常感謝您的回答，在此祝福您身體健康、順心愉快，再見——好的，掰掰！

（還掰掰？我們從不說掰掰。）

母親一字一句都像對二三十年屋內歡悲劇情之總結——她說了算。我掛上電話，趕緊下樓，趁心情微溫，忍不住想虧她一下，穿好了拖鞋，先繞至廚房醞釀情緒，結果眼一驚，趕緊將爐火那一鍋燙滾香菜菱角排骨湯給熄了，好家在，我大叫、這位母親——本想責備她顧講電話，健忘，差點火燒厝——情緒一壓車，順利地拐彎我說：唉呦，怎麼湯剩一點點而已啊？

桌遊故鄉：老樣子理髮廳

大概二十年前，我家隔壁的透天厝仍給一對在地夫妻經營理髮廳，理髮廳開業始於三十年前，在我國小三年級左右它歇業了。

是那種傳統男士理髮廳：單色毛巾會秩序晾在騎樓下、因客廳空間有限只能安裝三兩張看上去挺笨重的理髮椅。理髮廳無門，沒有冷氣開放，客人少的時候我常坐在理髮椅上發呆一下午，它的扶手鑲有一鋁蓋菸灰洞，會讓人忍不住想吐一粒口香糖。小時候我因身高不夠，剪頭毛時扶手兩端還得用洗衣板架成一座橋墊高坐著。理髮廳洗頭的地方，外觀則是個鋪有碎形馬賽克彩磚的洗手檯，熱水器直直白白裝在電視機上，理髮廳亦是小客廳，那頭家娘都一邊洗頭一邊按遙控器。

理髮廳無名，姑讓我呼喚它老樣子理髮廳。

理髮廳頭家娘叫做淑霞仔，彼時年紀方四十幾，淑霞仔有紋目眉，在我記憶中，是有一整個世代的阿姨眉型一個樣，為此淑霞仔的眼神常讓我想起戲班子演員或白冰冰，她外型就像白冰冰。淑霞仔也兼任大家樂組頭，門庭疏落時她都老花眼鏡忙打電話居多；理髮廳頭家叫財福，一黑乾瘦的臺灣人體格，因有臺小客車，平日「走車」載村民看病搭車去臺南市。財福也是我的專用司機，記得從前我胃疾發作，母親只要快步到隔壁拜託一下、財福便立刻熱車等待家門口，那該是我的免費救護車，我可以說是淑霞仔財福看大的。

他們是我生命中初見的服務業，淑霞仔服務一鄉鎮之頭顱風景；福財服務一鄉鎮之外地接送。而我在理髮廳外亭仔腳練騎三輪腳踏車、我在理髮廳外像doorman迎賓：其中就有小學音樂老師、豬肉攤販仔、各路神祇的乩童、高職中輟小流氓……

因為圖方便，或怕不好意思，我們家族男性頭髮攏係淑霞仔的領地，她打造我們家的門面：父親因髮量多髮質捲，淑霞推刀啟動總給他理了個大平頭，我和哥哥則是剪了兄弟頭，我們的鬢角齊高、髮型雷同、髮尾留那一小搓像辮髮，一顆七十，兩顆鄰居價打折只算一百塊；淑霞仔髮客大宗主要仍是老年人，我想起二爺爺除了理髮，還有挖耳屎與剾喙鬚服務，我愛死那掏耳朵的工作地燈，總讓我想起IKEA在賣的落地夜讀燈，柔和光線讓人忍不住想多讀幾頁書。一個深刻的印象是那些老年人都平躺在放低的理髮椅，臉部地形放鬆則呈睡眠狀，進來時蓬頭垢面，出去時重新做人。我以前蹲在騎樓看淑霞仔工作常望之出神，她的手藝按照母親的標準來說只能算普通，但她俐落身手像特技表演，她壟斷一鄉鎮之男性頭顱，她是一鄉鎮大舞臺的造型師。

其時曾祖母就住在理髮廳二樓，她是史上最年長的包租婆，平時除了老人會，她已鮮少下樓，自我禁足在小坪數料理晚年生活——另一個印象深刻的畫面是某日九十歲的曾祖母在晚餐時間突然下到了理髮廳，財福正端碗扒飯，淑霞仔在幫人洗頭，他們那對龍鳳胎在看電視，年紀差不多念工專或高職，耳聾曾祖母從樓上寬寬摸到了樓腳，也不顧客人在場就說：「有看到我假喙齒無？有無？」大家手邊物事立刻擱下來，淑霞仔頭也不洗，趕緊給客人一條毛巾裹著，便忙著幫房東曾祖母找牙齒，客人問說：「驚到，原來樓頂有住人喔。」當然有，而且還是個人瑞呢。百年難得露臉的曾祖母傍在樓梯口氣噗噗，日光燈下他們看起來就像一家人。

是的，一家人，阿嬤說，理髮廳家庭租賃長達十多年久，母親則說她初嫁來婚禮就辦在騎樓，理髮廳還特地讓出了空間為此得以多擺兩三桌；阿嬤還說啊、他們彼對雙生囝仔都在這屋子長大，看到人便叫，足好嘴、攏叫我一聲孀婆仔。

九〇年代中期，他們不再同曾祖母租屋，搬回自家民宅，裝潢客廳，打算小本經營，喬遷誌喜紅單子還是我黏的，記得大概敘寫感謝客戶十幾年來的愛護，然後新的店址、地圖還是我畫的；再來是他們兒子的婚禮，我們全家都到了，曾祖母也託人給上紅包，畢竟新郎從小看到大，也算另一個曾孫。那樣情分難以述說，我們兩家彼此見證各自十餘年的變化：十餘年足以養大一個男孩成為新郎倌、十餘年足以養我成為一個小學生。

我的理髮廳故事終止於一連串災厄。先是一九九七年，一日全家在客廳看電視新聞，新聞主播隱約講述發生花蓮山區的災難，災難內容是一輛山貓怪手在搶修大雨坍方產業道路，因年輕駕駛不諳地勢，連人帶車墜落幾百公尺深的崖谷——新聞通過電視機進入了客廳，我們全家看見淑霞仔哭暈癱軟在不知名山路的畫面；我們全家看見財福仔阿伯呆滯的表情，還有一支無力的招魂幡搖搖晃晃，新聞報導說家屬哀痛欲絕、連線記者說死亡駕駛為臺南縣人，初為人父……不知過了多久，母親這才慘叫了一聲，大家集體回過神來，我想我驚嚇過度。

接著是世紀末的九二一大地震，心魂未定，曾祖母即仙逝，告別式上我初次看見喪子後的淑霞仔與財福，他們低調列隊公祭人龍，拈香完畢，阿嬤走出家屬答禮的隊伍，喊了聲淑霞仔，襯著嗩吶鑼鼓親送他們夫妻倆，母親見了也跟上去——

服喪期間因不得理髮，家族男性各個滿面鬍渣，我的頭髮長過了耳垂，為此儀容檢查還得附上曾祖母訃聞。曾祖母喪完畢，大家急忙修理門面，我們一起來到財福與淑霞仔的家，為了消除緊張氣氛，我還假裝幼稚說要第一個剪，大哥父親遂等在客廳和財福仔說笑。

坐上理髮椅，一個早已不需洗衣板墊高的年紀，我感覺淑霞仔刀法變慢，我幾乎不敢多看她一眼。她問我幾年級呢、讀黎明得好好打拚、才不枉費二爺爺疼我。財福在客廳接話：富閔還是這呢瘦——淑霞仔當天免費幫我們全家洗了一次頭。

淑霞仔一鄉鎮開業邁入四十年，現在她六十四歲，剛升格當阿嬤。最近回家剛好頭髮太長，路上走著才想起十八歲以後，我就不曾在一鄉鎮理髮。多年來我髮型變化不大：刺蝟頭、平頭、兩邊推光，或簡單的打薄。我對髮型心態極保守，我突然想請淑霞仔幫我理髮，只因淑霞仔的剃刀能幻變出我十八歲前的樣子——

那是我的老樣子。

休足時間

我走不動了。狼狽爬出復興南路復健診所，臺北凍雨直直落下，我眼前有場小車禍發生，導致和平東路車流回堵嚴重。頭頂那捷運優雅地轉彎，地表小黃機車紛紛繞道，我也剛進行完人生第一次熱敷與電療，無頭蒼蠅忘了帶傘，不如跑小段路，淋雨回學校，進退屋簷又耗掉五分多鐘，不想一旋身動作，背腹肌肉立即對我發出警報，痛啊——女醫師解釋我因長期坐姿不良與用腳過多，沿脊椎骨兩側肌肉組織已發炎嚴重，還有、她手轉仙女棒東西比畫，兩節骨頭稍微突出擠壓到神經：「一定很痛齁？」女醫師露出不可置信的眼神：「你也忍太久了吧？」呆愣無語，我向來能忍：忍痛、忍苦、忍熱、忍一切超乎我身心所能承受，老家客廳有一字畫即是個草書大忍。我還從她的驚訝細讀出另一行——你到底怎麼走路的哩？再精讀出另一行——怎麼把人生走成這樣呢？

問我也沒用啊，心情無比沮喪，我們全家都為腳疾所苦，痠痛風濕壞筋路。阿嬤一心治療日漸敗壞的腳，六十歲即搭車看遍南部七縣市中西醫，醫病如行旅。她去甲仙田寮針灸、去嘉義排六小時隊伍，只為挨打一針幾千塊的血路偏方；我幫她貼膏藥布，美猴金絲膏貼膝蓋骨，青草藥膏貼肩胛頭，貼好湊相報，還揪團舅公姨婆去看密醫；最近風行開刀裝鐵片穿鐵衣，開刀還得看時辰，腳疾如遺傳發作於戰前出生的一代，她們走過太多路，她們的行腳史遂是一部臺灣史——據說童年舅公捉山豬可從大內曲溪天文臺，溯曾文溪谷至南化楠西高雄縣，我聽了眼珠差點掉出來；少女阿嬤則當曾文溪為游泳池，十歲不到膽子特大，單人涉溪捉魚蝦，竹簍肩著自玉井步行到左鎮，或南行到佳里善化，一日數十公里從不是難題，雙足到底是生財與謀生的工具。我想像人類學家也都該有一雙善走的足，對足部保健有獨到偏方、他們都愛吃維骨力。數十年前來自帝國大學的教授們是否就在一將落下西北雨的午後，與舅公、阿嬤競走於祀壺的頭社村落，那些想像力飽滿的平埔地名：大匏崙、哄哩瓦……串連出臺灣史路線；數十年顧過去，當我跟走他們身後，蹣跚揮汗臺南縣山境，我像是一隻放山雞，途中穿越無數觀光民宿、休閒農場，眼前滿山坪白霧霧愛文芒果，那也是盛產的季節，是六月，阿嬤是內山姑娘，我是內山故娘後裔，沒有不能走的理由。

　我們全家都能走，姑姑們的童年即是一部走路史。五六歲便隨曾祖母從大內步行至新化探望小姑婆，小姑婆家住新化那拔林，光聽地名彷彿眼前有一座芭樂樹森林，在造橋工程尚未普及的年代，姑姑們翻山越嶺，擺渡過曾文溪還得擔心內山山洪暴發。多年後提及行腳往事，眾多姑姑們臉上仍有懼色，其中一名姑姑為此發憤學習開車；父親叔叔則健步如飛，高職生父親不搭校車，透清早從大內走到麻豆，那起碼兩小時的路程，父親竟有閒情中途轉去吃早頓。我見識過善走的父親，為何近日他也看腳頻頻、改換護膝造型，阿嬤留在家裡的白藥膏黑藥丸全部接收，我心想那手腳靈活、活跳宋江的父親是去哪了？

我們全家都能走除了她——數不清開口邀母親散步的次數，搬出再不運動，遲早身體出狀況的醫學道理嚇唬她，年老別像她們啊：輪椅上的阿嬤、鎮日臥床的外婆，開刀整治爛骨的二爺爺……我想我沒說出的概是「別等妳老了，走不動再來煩我。」實則我對她的工作認識太少，母親任職鄉村紡織小工廠，天天重複性穿針引線，日日籠罩於機械運轉如落雷的環境，過去我注意到她眼力視力退化，卻沒發現她回家立即撲倒沙發的意義。母親不喊累，她不能走，卻是全家最能站的人——顧機檯站八小時，煮飯洗碗再站兩小時，她站力十足，靜脈曲張，腳筋浮凸如異形，她站了二十多年我渾然不知，還故作貼心約她去散步？

「不然，我走給你看看。」物理治療室四處都在數拍子，三二一、三二一，診間我沿地磚縫線如名模走臺步，記得母親說，我走路姿勢足歹看，一來走太快東張西望；二來腳太開，不夠幼秀。我不在乎觀感，能走就是福，生命周遭多的是想走不能走的長輩，「重點是你施力點完全錯誤。」醫師仙女棒指著下半身，示我以臀帶動身軀，前腳跟先著地，兩步間最佳距離是足長一又二分之一。我如嬰孩學步，想到母親提及我周歲不滿便屋內趴趴走，如今聽來像命運暗示，我生來走路，而我出生走路工家族。朋友笑我走路像腳底裝彈簧、像蟾蜍跳，蟾蜍帶財呢！爭先恐後地如搶大拍賣——你是在趕什麼呢？

趕什麼？我也說不清楚，不然先跟我一起走。

住「東海別墅」三年多，心情好或不好，我習慣從大度山巔、經校園一路走到中港轉運站。沿途風景於我是精神饗宴，儘管別墅人車回堵，工業區飄出的空氣彷彿有毒，挫敗交通帶來挫敗噪音，我至今尚未見過「別墅」。每次逃出車陣，過街老鼠般躲進東海，東海即迎我以相思樹林，該是十二月，聖誕月點亮的燈泡許我神聖的校園。我白天能走，夜晚更能走，走文理大道，古意建築迴廊站著十八、二十、二十一歲的我，我駐足於路思義哭泣，渺茫未來如夜霧，霧中奔赴二校區牧場，其時牧場圍籬仍在，沿圍籬植的木棉樹年年四月開，我喜歡於此眺望山腳臺中娛樂城，心情開朗不少。東海不宜趕路，但我也無法向你擔保這是座悠活的山頭，一切只因心情讓走路充滿風格。東海那幾年，我想我是快樂的。

前陣子朋友推薦使用「休足時間」，日本人發明的按摩貼布，細緻分腳踝、腳底、小腿肚，我試用幾晚感覺效果實在驚人，馬上想到阿嬤與母親。這幾年在臺北我常走到發脾氣，不斷走錯路、繞遠路亦如臺北生活之隱喻，我想我也需要休足時間，並坐下來喝一杯五十嵐的波霸綠。

但妳已來不及享受「休足時間」。阿嬤，月前我與難得歸來的大姑去養護中心看妳，推妳至熱帶植物叢生的涼亭餵妳吃葡萄。妳的雙腿有水腫病史，飲食稍不控制立即脹大如饅頭，大姑幫妳搓揉腳底，南部午後透南風，我心想這畫面是假的，但妳一語驚醒夢中人，前方與妳同樣行動不便的七十老婦，正使用復健器材重新學習走路，那如國民學校的遊樂設施，讓妳看了忍不住說一句：「要是像她能走，該有多好？」

我忍著眼淚不敢掉，出於單親媽媽的自卑，多年來妳鮮少、也沒有勇氣向三位子女坦述心情。妳走了八十年，最後以雙腿報廢收尾。記得為妳換上九層壽衣的那個清晨，因長時臥床、導致雙腿萎縮，妳的腳呈現不規則形狀，大姑淚喊要妳雙腳要放鬆、我們齊心緩緩慢慢將妳的雙腿彎入壽褲、小心翼翼再將妳的雙腿擺直。來不及帶妳遊山玩水！一生妳最遠也只到過澎湖，和妳同輩的妯娌們現下都熱衷環島與進香，臺灣玩不夠、還跟團到大陸與歐洲，妳被孤放養護中心哪裡去不得，離妳遠去的兒女們紛紛回家，我也回家了，但妳走不動、直至一動也不動。

我也許還來得及將「休足時間」進貢給妳，母親，從日本帶回成塔「休足時間」，當作十二月六日的慶生禮，我打消勸妳自職場退下的念頭，轉而保護妳的腳筋。妳也為我站了二十五年，想到有天妳將不良於行，我攙扶妳，思及至此全身無力。

遠在南部的妳必定感知我全身痠痛、徹夜難眠，電話中嫌我電腦前坐太久、寫太久，勸我運動，體操教練般指示：聳肩、轉頭、簡單的伸展，重點是要抬頭挺胸——母親，妳正教我走路呢。

復興南路口，狂雨斗大落下，頭頂捷運駛過，那車禍現場清理完畢，交通已順暢許多。

阿嬤、母親與我，島嶼各據三方：妳在黃泉路上、妳在客廳、我在路邊騎樓。

我們走了太多路，我們同時坐了下來。

小神遊大內

就快睡著了。

就快累到睡著的時候如果我人在溽暑七月的新臺南，我喜歡騎著母親那油燈也壞、照後鏡全無的ㄛ兜麥逡巡大內鄉兩三圈。時速只能三十，不能快，快會被誤認是七逃仔、不成子，畢竟我們也是楊家祠堂的讀冊囝仔。這圈不算小，通常朝天宮出發，畫大弧先過鐵皮牆築起的舊菜市場，遇日治時期大內女公醫師開設的懸壺醫院，這裡接生過無數大內子弟來到人間，也許就有你的老父與姑姑，再過去是知名麵攤與富林漢堡，即有臨時青果菜市場，從前家裡還種愛文、龍眼、荔枝與九月檨的時候，時常和阿嬤癡坐到落日——不想太多便逕往人口最密集的石仔瀨庄頭繞去。

時速依然三十，黃昏市場撞見山上工業區、南科下班的媽媽阿姨來補買菜什，天后宮廟埕，是電動代步機車、輪椅、孔明車的大會師，百年民國新交通問題，途經石林村塢王爺廟、與藏身石湖村塢的北極殿，不遠處是我家的文旦園、白柚園、芭樂園，目前承包乎人蓋鴿籠，專門飼養擅飛遠洋賽事的種鴿，我停車觀望陌生男子揮舞旗語、牽引鴿群，不想太多又立即開腸剖肚去內江村開靈宮看玄天上帝的龜，再沿曾文溪岸去曲溪二舅公看守的北天宮、去總能巧遇細漢姨婆的紫竹寺、最後自南瀛天文臺緩緩加快速度，經後堀社區福安宮回頭向土地神點個頭，趁天黑前趕緊躲回家。

這便是我的神遊路線，一騎十年，我們家族多年來依廟生存，凡事除了問人都得問神，而我是楊家頭個出大內往都市賺食的讀書人，沒有父族輩經驗供給我仰仗，便不能跟屁蟲似隨誰往前行，稍一晃神，總摔個頭破血流，這才讓我明白，為何我連在臺北，都在揪人去收驚與抽籤。近日起床，早安臺北，雙腳落地失去著力感，急促呼吸，胸悶，發白意識，我總有操心不完的事，作嘔衝動湧至喉頭，對所愛所恨產生疑惑，鎮日呆坐宿舍書桌前問自己為什麼，我感覺有個結隱隱成形，感覺自己正在生病，凌晨三、四點不睡覺，神遊在我憂鬱的房宮裡。

傻子，回家，不就好了？

快點，便利超商iBon買高鐵票，選擇最快南下的班次到臺南站，轉沙崙新支線到臺南火車站復轉區間車一路大橋、永康、新市、南科也能落車了！速抵大內，搜尋至親至切的場景、人物，啟動故鄉的神遊敘事，但、要不要換條新的玩玩啊？騎摩托車不戴安全帽，紅綠燈參考用，岔出慣習的產業道路，不走民宅、商店街、國中國小庄頭廟了，先跟大牌神偶說再見，憑藉童年主場優勢，開始在腦葉形塑故鄉立體透視圖，瞄準十餘座萬應公廟為據點，拉成逡巡新路線，來吧，請隨我來——

有時我會在阿嬤娘家的曲溪村口，在通往山上鄉蘭花國度路旁會撞見「英烈小祠」，這大型小廟香火頗盛，我的阿公就溺斃在不遠處的溪埔吊橋邊，正港野鬼族、孤魂族，四十年來，阿嬤年年來這小廟祭拜，可能也捐點香油錢，是以為阿公真成了英烈，還是好心求在地鬼大爺，讓我阿公的冤魂能過路方便。

有時我會在「打鐵仔斜坡」巧遇「萬善堂」，極迷信故事家老父親說，寧靜庄腳所在，他囝仔時代酣眠都聽見「打鐵仔斜坡」不知哪路神祇在操練兵馬，聲響從坡頂擴散沉睡老鄉，我曾為此傳說著迷不已，想像萬馬奔騰的這世間——大內，竟有神在路邊鬥法，殺戮戰場，軍隊、百姓、遍野哀鴻。

同名、同「萬善同歸」牌位，有時我還會藏身於半世紀前即無人居的「西仔尾」聚落，穿過三里長箭竹群與五里顛簸石子路，爬高落低，也是四坪不到野鬼孤魂收容所，夠隱密，猶記當年咪咪樂正旺，愛簽牌的厝邊相招扛小轎來揁牌支，小學三年級那年半夜毫無睡意，深山林仔內，我跟隨叔伯姨嬸和群蛾似的賭友偎聚一盞日光燈下看鬼畫符，傻氣呼呼地在找一二三四五。

少年仔！擱憨一遍！

我喜歡這些萬應公廟，造形相去不遠，定有棵濃蔭的榕樹，和一座燒金紙的水泥小爐，嵌有簡易浮雕，看圖說忠孝故事，若有人發財還願，也許就砌排石板凳供人歇喘，我不知道誰會來換新茶、當季的水果；總好奇誰在打掃滿地的小黃葉、擦拭塵埃香灰交混成層的神桌，誰又在千秋聖誕時，從不具名地請一兩團布袋戲來扮仙，總有些心事被偷偷說出來了，就同那天，我又路過「萬善堂」，鬼月將至，下車數位相機給祂們連拍與特寫，合掌默禱，其實腦袋一片空白：「我覺得我……」說不出話，定格，滿臉喪氣尋覓下一座萬應公廟，如此神遊一圈，高壓與糾結的新大內。

但我還是難以入睡啊、曲扭身體在漆黑暗室，努力嘗試奇異姿勢，渴望假以助我好眠，我屈膝抱胸、或墊高枕頭、或擠眉弄眼，扮盡各式鬼相，放鬆顏面神經，或凌空抬腿做騎單車狀，聽說能增進血液循環，我也換成大字形、弓字形、一字形、匕字形、我的意識卻更清晰，漸漸地，讓棉被將我綑綁牢緊，像把自己蜷縮成了一個死結。我不願看醫生，不吃藥，不承認自己真敗給了這座城市，改動身前往臺大重訓室，在最難挨地日暮時刻，跑步逼汗逾一小時，我需要正面與健康的念頭，我要快樂！

會是在神遊，在行過萬應公廟的路上，我仍然避大廟而走，繞開財闊氣粗的龍柱與楝樑，滿身金牌的神偶，上流檀香燻出的神顏，我想我比較適合接近這些埋藏無名枯骨的萬應公廟，可能是我正遊蕩臺北城打拚亦如一隻遊魂，祂們低聲述說先民渡海拓墾、族群械鬥、以及抗日義民的血淚故事，天地間的野鬼與孤魂——祂們幢幢身影牽動著我的心，一種憨膽、蠻勁、阿莎力和謙遜，是誰說過：「少年若無憨一遍，哪有路邊萬應公！」

好巧，剛好拿來勉勵自己，少年仔！世道本艱難，搁憨一遍，這才把車熄火，四肢攤開，恍恍惚惚，我睡了下來。

一種形式：遶境與書寫

我們父子三人全是廟會狂。

抾記得是叨一冬、南瀛五科香同齊大鬧熱，彼一冬嘛算是咱臺南人的祭祀年。數十年來，南瀛五大香除了是國家文化資產，業已是臺南人集體記憶一部分。所謂南瀛五大香，指的是以五王廟為主的麻豆香、金唐殿佳里香、慈濟宮學甲香，以及慶安宮的西港香，再加上聖母廟土城香。它們要不具傳統燒王船文化、就有近年風靡南臺灣、值得我們再認識的臺灣囝仔蜈蚣陣。

從初春至夏末，父親便騎著那臺越野機車載上大哥與我，跑遍臺南平原四界鬥鬧熱：西港大橋、安定港口、麻豆保安宮都有我們父子趕廟會的身影，而習慣是、通常先至騎樓觀望、然後判斷時間，再到大廟搶位置，視野最好當然是廟邊兩座石獅，或者廟邊民宅的二三樓，那是另類的看臺區，時常得以見到文史攝影人員正在調焦距、換鏡頭。我尤其喜歡坐石獅，你也是。父親喜歡看「操童乩」、且要是「老乩」，日常他還自掏腰包購買全臺各大廟遶境錄影帶，在家配酒配生魚片靜靜欣賞，比研究生還認真，他是廟會的孩子，我也是。猶記錄影帶背景配樂是八〇年代王夢麟的那首〈廟會〉、我這就上網到You Tube找到了〈廟會〉，才發現是李潼填的詞：歡鑼喜鼓咚得隆咚鏘／鈸鐃穿雲霄／范謝將軍站兩旁／叱吒想當年。曾經我也是畏懼廟會、看到八家將會驚、不敢直視神明臉的孩子，黑白無常讓我連做一年的惡夢，廟會現場我的國小同學總滿臉是血從我面前搞笑走過，他們搖頭晃腦、頸肩披掛無數的炮串，隔天在我面前表演割舌頭。

當我年幼，父親領我親炙無數廟會現場壯膽，這是成年禮了。土城聖母廟因路途太遠毫無印象，麻豆代天府卻是我的最愛，麻豆是我生命的第二故鄉，五王廟亦是我的後花園。也是那幾年，我常在圖書館翻讀劉還月的《臺灣歲時小百科》、《臺灣的歲時與節俗》；黃文博的《站在臺灣廟會現場》近日重讀讓人想逃離學院，渴望誰也來燃串鞭炮炸醒冷氣房的我；《臺灣冥魂傳奇》、《南瀛刈香誌》、《南瀛五營誌》我看到脫頁，陳丁林的《南瀛藝陣誌》連父親都喜歡。那曾是我心靈的內容，隨身攜帶的工具書，廟口與馬路算是我生命的視聽教室，課本不教的民俗實務、庶民精神史，鑼鼓與汗臭與楊桃蘆筍汁打成的廟會感官文化紛紛現身說法：我看見情色與道義並進、神聖與魔鬼同行，我的書寫始於廟會、庶民、生活、人性，我努力挖掘人性頑強的生命力。

不參加廟會的季節、我們父子仨跔（ku）置厝。「跔」字不管音義聽了實在迷人，似蹲、似伏、似欲出發，是起身動作的影像殘餘。跔音的聲音表情對比廟會狂熱該是一臉茫然，一種輕盈的衝動，但可以隨時放棄，讓我想起南臺灣熱天午後、無所事事小鎮生活。那年頭「新好男人」的說法剛被提出，父親不出門飲酒摸三圈，即會在家完成母親交代的工作——像小學生幫忙電子刺繡，父親生猛剛烈廟會男人，卻願意為家庭做起針黹女紅，我喜歡——

開始透了南風，大哥與我定靜在客廳畫圖。我們兄弟從小不需父母擔心，我們不知電動玩具，憎恨一切對男性形象有損的物事：賭、酒、菸、債務、深夜未歸。很小我們也知道人生是自己的事，最害怕麻煩別人。也剛裝第四臺，電視開著當背景音樂，我們父子仨偶爾抬頭看一眼李登財主持的〈神佛正傳〉，聽主持人系統性介紹清水祖師、臨水夫人、玄天上帝神明得道升天的故事；不看第四臺，我們就去一間搭蓋於日式建築的錄影帶店，租回無數林正英的殭屍片、李小龍的武打片、「非洲先生」歷蘇的上帝系列、以及更多廟會影集，廟會影集配樂無一例外又是王夢麟——歡鑼喜鼓咚得隆咚鏘／鈸鐃穿雲霄／盤柱青龍探頭望／石獅笑張嘴。三十幾歲的父親凝神製作電子刺繡，放任電視機內敲敲打打，我們兄弟則在紙上鏗鏗鏘鏘。

我們在畫圖、畫什麼呢？有人問，是字紙上傳來了聲音。

我們在畫**遶境**。

只是一支七元的藍色原子筆、筆觸散出濃烈水果香味，奇奇怪怪如肢體瑜伽的細粗條線，八開曆紙上，如一面動畫靜止在九〇年代：讓開路鼓出來、讓報馬仔、八家將、鬥牛陣、花鼓陣、脫衣舞依序登場……我畫著老童乩坐上了一匹駿馬，扛輦轎與扛鑾轎是在地赤膊的大哥哥，等待燃放的鞭炮長達數十里，瘋濟公、人型土地公搖搖晃晃，像膝蓋骨也出了問題，舞黑令旗的男人踩著奇異的步伐，一株株木棉樹般的大涼傘，渙散的香客像人囚押最後……

有什麼作業，比得上讓兩個小男生乖乖地坐在印有ㄅㄆㄇ折疊桌前，心平氣和畫完一場鬧熱的遶境來得喜氣呢？

畫完就撕掉，像許許多多廟會語言最後以大火燒之，沒人發現我們兄弟默默在做的事。八歲的大哥會畫龍、用牙籤製作廟會的器具、用拼圖積木搭裝一座有尖篷的鎮殿媽鑾轎，複雜的刺繡，輝煌的配色，他筆觸下的媽祖臉最傳神！

那是九〇年代初期，沒有發生九二一，曾祖母仍在世，我家附近一代還是繁華所在：農藥行、紅茶店、議員服務處，隱隱約約以大廟為中心輻生出的魯麵攤、金紙鋪、擇日館、小診所、機車行、繡學號的店……臺灣小鄉鎮發展模式都是這樣的，只是九〇年代呢，路上還會走著一九八七年出生的**你和我**，**你要認出自己來**。

我們兄弟只是將日常興趣畫下，是否同時無心繪下了九〇年代、世紀末前惴惴不安的樣子、容顏、輪廓——

解釋遶境最簡單的說法即是通過「逡巡」形式，進行一鄉鎮消災與祈福的作業，路邊人家紛紛祭出香案，遶境沿途所過之處遂能獲得護佑，時間一年一次或三年一次，大廟是遶境起點也是終點，不管遶境路線如何曲折、複雜，最終無疑得以拉成一直線、圈成一個圓。

有時我感覺書寫亦是一種遶境。折疊桌上，對螢幕敲敲打打，配樂除了〈廟會〉、自創的閨怨歌單、偶爾是電音舞曲那也像請了一團電子琴。行文若是一種遶境，我尚在其中摸索、蒐集材料，用腳思考，挖掘自我無限的延展性，路程長長短短，一如近年文章也長也短，這是我過了二十二歲生命的樣子，我接受、我喜歡，我的書寫以個人經驗為主，遂也是我的自傳書；遶境途中我看見庶民容顏，養樂多色的籤詩、紅龜色的杯筊、喜帖攤開的門神木板、春聯、燈籠、廟口路邊賣的糖葫蘆就是我生命的底色；我還聽見鞭炮混著嗩吶自遠方路頭向我吹來一曲〈胭脂馬拄到關老爺〉，前奏如此吉祥，卻有想哭的衝動；我聞到芒果香氣，混著劣質的檀香，順曾文溪往安定七股下游流去，中途為我捲起一陣空氣污染的南風，我大口呼吸；我嘴裡含有一片滾燙的豬肺、一段壞死的生腸、廟會中場休息端碗滷麵點心與工人蹲坐一塊，於我是最舒服的姿勢。我的內心狂狷不已，很小我就開始遶境，那也是我長成的軌線、生命的輪廓。

我想起遊行與環島，環島於我是遶境另一延伸。記得父親問過我，為什麼環島非騎到終點不可？我搖頭不能答覆。

會是不知要停哪裡，只好逕自往終點逃去？

會是忘記停下來也是一種選擇。

你可以停下來的。

接受不夠完整的自己、承認生命的缺陷、不足、欺騙、惡意、大量大量的算計。

相信日子將更好、當更好的讀書人，等待與付出——

兩次實際參與過的遶境，最近一次在東海。因公民課程需社會服務，春天我們跟隨王爺巡狩，路邊人家相贈無數杯水，我只顧著與一干同學街拍，彎彎曲曲走過大度山紅土高原，那兒地名很古意叫新庄仔，讓我想起臺南鄉村的三合院、柑仔店、這間鄰近二高的王爺廟則叫作永順宮，距離紙醉金迷東海別墅其實只有一條馬路之隔；上上次已是一九九九，我國小六年級，中午學校提早放學，老師讓我們回家看鬧熱，一次建醮讓整座庄陷入不知名狂熱，各個路口搭起了牌坊如清朝古城，沿民宅馬路張結一線的紅燈籠給遠地歸來的遊子照明，我們的放學隊伍恰好與遶境隊伍混成一塊，就這樣我意外走上了只有十幾公尺短的遶境——

遶境才剛開始，我的前方是在地老人組成的八音團，因行動不便坐在一拖板車上齊奏著，後方是踩高蹺，我尤其喜歡關公扮相高蹺男孩，他身騎一迷你赤兔馬，太可愛了，我一直仰頭盯著他看——他的紅臉紅潤，是扮相造型、是火烤日曬，我想也是害羞吧！

停下來。

最後在離家幾步遠的地方，我逃開了隊伍，若無其事進了門，放下書包，開冰箱倒了一杯退火青草茶，擱置綿延三四公里的迎神賽會，把鑼鼓鞭炮關在窗外，上樓伏案寫作業。

只是走進遶境風俗畫作，南風吹來，大仙尪仔抖一抖沉沉的水袖，我又從畫中掉了下來。

若說遶境與祈福相連，十數年前兩個男孩午後在家仔細圖畫遶境，不啻是對成長的一種盼望，你點頭說是。

最後再跟你述說兩件「促咪」的代誌。

一件關於遶境、另一件也關於遶境。

又是一個午後，我騎著U-Bike行經仁愛路，赫見了昭告廟會的香條，平平整整黏貼路邊華廈樑柱面。這種香條外觀極似法院查封的黃宣紙，不知情還以為豪宅大樓遭到拍賣哩！父親曾說、斜貼香條是路過，直貼香條是參拜了。

在臺北遇見斜貼直貼的**香條**，心中生出一份暗喜，像收到不知名神祇傳給我的黃色便利貼、告訴我將有一場盛大的祈福遶境要發生、你得快來——哪一天？在哪裡？哪尊巷內神祇？香條上寫得清清楚楚，你去看、你去讀、你要蹺課一午後，搭上一段不遠的捷運來到仁愛路、心中並點燃一串鞭炮慶賀著。

另一個午後，在麻豆通往海埔的四線大道，有人在馬路作畫——是惡作劇塗鴉？還是有心人指示。指示？原來是在每一路口轉角，你看見了不知名的**箭號噴漆**，隱隱約約導引你前往不知名的村落。這是遶境的路線圖，方便提醒廟方將去之處；這也是遶境的地景特徵、祈福的線條不輕易為西北雨水洗刷，讓我想起神跡二字。

我曾在遶境結束、又是另一個午後了，我循著噴漆箭頭、當它是現代路標在路上慢速騎車：在麻豆、官田、善化、大內……那也是一次次自我的遶境、生命的探索，靜定退去了鑼鼓的三合院與透天厝，只剩我那破車引擎的轉運聲響，連神明都午睡了——

人生一路上，我們都被祝福著。

嘿，我要走了！

二〇一三年六月發生許多事：碩士學位年限已到、搬離住在秀朗國小附近的公寓，幾本書稿等待收尾，論文、專欄、生活一連串的挑戰測驗著我的身心，我常感覺骨頭隨時會散掉，終於一次無預警的黃昏在房間崩潰失聲，長期的精神壓力以及自我要求將我帶往情緒巔峰，旋即又讓我一人跌落在校園、街頭喪家犬般地走著。

自己的價值體系正在確立，文學的、人性的、自我的……腦子中的圖書館蓋到了一半，這幾年拓展視域，催足馬力，試著在創作與閱讀衝刺東西南北，目標明確，仍在摸索的征途，唯一暫時能向自己交代的、是證實了很多物事人是得花心思重新認知了。

摯愛的阿嬤也在六月突然離世，舉家慌亂，騎樓緊張，我也很緊張，木木然延續既定的功課：演講、交稿、做ＰＰＴ，同時攬手處理阿嬤後事下所有財務工作，記得阿嬤的靈柩已送上車，大家都列隊出門了，我還在擔心是否漏掉給公祭司儀的紅包，連哭泣的時間也沒有，再來是南北兩頭跑、整理新舊住所，將存稿仔仔細細填補已是七月的事。

七月流火，未曾有過一刻心緒這般鎮定，坐在尚待收拾的舊屋打字，初次將自己與世界看得清楚，必須勇敢接受的事情很多，一件一件讓我慢慢來。

阿嬤往生當天，高溫三十八，大體送回大內老家，一干女眷及葬儀社人員在客廳幫阿嬤換上九層壽衣，負責發落後事、也是老厝邊的王道長向我要了阿嬤的生辰日月，鬍鬚造型的他貌似魯迅，對我瞇眼笑著說——我知影找你拿就對了！

我們家除了存摺與印章，舉凡祖譜、忌日表、老相片、禮金簿、新聞剪報等舊事物都由我負責保管，生辰日月即所謂的八字，日常它都靜靜躺在我的皮夾，前陣子翻拍存在手機記憶卡以及電腦資料夾內，委實放心不少。

也不能說保管，把自己講太滿。八字分明是阿嬤交代給我的信物。那年我不到十歲，記得臨近我們家族的忌日月：六月與七月，剛放暑假的夏味，我知道阿嬤又將開始大興爐灶，展開直至鬼門關結束高達十餘場的祭祀：三樓神明廳的、騎樓門口的、廟口普渡的、田裡小廟的……身心磨損與金額開銷都頗為驚人，特別是行動不方便的阿嬤得爬三樓至神明廳，那對我來說只有十五秒的時間，在阿嬤卻得花上二十分鐘如上演危險動作。怨怪三十年前設計不良的透天厝，梯與梯之間的行距陡峭，梯的面積短窄；也怪祖先「有什麼好拜的呢？」、「這公仔媽也太不通人情了！」日日我質疑著。

我也得負責將備好的生食熟食端上端下：親製的雞捲、絲瓜魚丸湯、電鍋內的白米飯、熟香腸、罐頭組合、家植的龍眼芒果水果籃、麥香綠奶茶、加上金銀紙總通透幾碗筷我忘了。我曾天真許諾阿嬷要做一個流籠，在騎樓將祭品垂掛至三樓陽臺；也曾告訴阿嬷，乾脆叫祖先落來客廳呷啦！

天氣這呢燒熱，阿嬷抵三樓時通常衣服濕透如潦過曾文溪水、人也喘怦怦，時常驚地以為她就要斷氣，趕緊要她在三樓的小客廳歇著。

神明廳後方的小客廳，同時是我與大哥的遊戲間，擺放了一組新買的十幾萬的沙發，阿嬷都沒坐過。

阿嬷堅持先燒香，我要她燒完香到沙發上睡一覺，香過會叫醒她——

我一個人席地坐巧拼，對準小客廳的小螢幕玩起紅白機：冒險島、魂斗羅、超級瑪莉三代、快樂貓、美國大聯盟……不時暫停遊戲至神明廳注意香的進度。

十幾萬的新沙發讓阿嬷扭捏不已，看她躺也不是、坐也不是，最後呈現的睡相極其詭異：雙腳呈ㄐ字狀、右手擺胸前、左手向下垂，像她往生當天的姿勢——阿嬷近五年因長期臥床，送回大內時肢體已變形嚴重，雙手掰不直，大姑哀哀叫地幫阿嬷套上壽褲，姨婆也來幫忙，阿姊喔、妳雙腳放乎軟——

天氣這呢燒熱，我把天花板上的吊扇拉到最強的一段，神明廳的檀香捲起了旋風，好香。

阿嬤醒了，開始同我講話，我暫停遊戲，靜定的氤氳的小客廳內，聽她緩緩向我述說，我是她的Mini Mic、我是她的小蜜蜂——

聽她說什麼她為了照顧小舅公，放棄讀書，校長親自來跟外曾祖母求情，說她數學天分無人可比，不念下去太可惜；聽她說十歲不到一人沿著臺南惡地形兜售自製的紅龜粿、菜包，來自琉球的日本婦女看她可愛全部買下來；說一九六四年白河大地震當天，天搖地動是單身的九叔公摸黑衝進三合院推開橫在走道的衣櫃；說早年交通不便，下田從頭社步行回大內，入夜山區地段，路燈無人修復，興南客運的司機會停車免費載她一程；說堂姊特地請假載她去看病重住院的姆婆，也順道至安平老街賣古早味甜食的堂姑家，她還樂得幫忙叫賣哩！

以前我只感覺故事動聽，現在才發現那些幫助阿嬤、對她好的人，直至七十歲，阿嬤一個都沒給人家忘過。

我們對她好嗎？不過是十幾萬沙發，擺得天高皇帝遠，那又是為什麼？

隨後阿嬤又踱到了神明廳，我跟上去，看她從神主牌後方變出一紙紅包袋，原來裡頭藏了一頁寫滿全家八字的小紙，阿嬤要我細細抄下——

我聽從命令，找來一張空白紙，在阿嬤的督促中，先在紙上分成八格，命格，再拿筆小心謄錄了自祖父、大姑、小叔、父親、母親、大哥的生辰日月。我的心情有點波動，像再度迎接他們的新生，那也是家族女性受難的關鍵時間，如今通過了天干地支排列組合，奇怪的筆畫向我勾勒他們一生的樣廓。據說內頭隱喻了人的福祿功過：農民曆載有八字演練法則，農民曆鍛鍊我的算數能力，這是暑假作業數理題了！

我問阿嬤，妳有幾兩重？阿嬤體型巨大，卻說不到四兩。這呢輕。

你阿公更輕哩！阿嬤指的是早逝的祖父，人家二爺爺可是六兩多。

天氣這呢燒熱，誰還管紅白機遊戲。那日黃昏我偷偷在客廳翻出平日嗜讀的農民曆，拿準了阿嬤在後壁溝仔燒開水，母親尚未下班的空檔，就著西曬騎樓的芒果色日光，獨自在客廳加加減減，我想知道自己生命到底論重幾斤幾兩。

沒人及時告訴我，這其實是多麼危險的動作。

我的數學能力到國三就不行了，最害怕寫證明題，在只重視結果而不看過程的升學體制，拚命證到最後得出的答案就是自己大概有毛病，又不敢空著卷子不寫，只好默抄因式分解公式討點同情分數，填充題照慣例是都猜〇或負一。

只是簡單的加法，很快我便掐指算出了自己的兩數。農民曆的八字專欄且有繫詩，有詩如下：

此命福氣果如何／僧道門中衣祿多／離祖出家方為妙／朝晚拜佛念彌陀

我的國文成績一直很好，作文甚至能補回數學失去的分數，改錯字挑毛病的能力無人可敵，唯一屢寫屢敗的即是語文翻譯，那些古文古詩我總會讀出一個偏離正確答案甚為遙遠的靈異版本，我不知道自己錯在哪裡，不然誰去觀落陰問蘇東坡范仲淹標準答案什麼啊？

細細我讀出聲音：此命福氣果如何／僧道門中衣祿多／離祖出家方為妙／朝晚拜佛念彌陀

沒人及時告訴我，這也是多麼危險的動作，只因我正驚心膽跳替自己翻譯人生，誤譯、漏譯、多譯、改譯……像填志願不斷修正不斷臆測自己未來會落點在哪一個版本：

版本一、我會出家當和尚，但是我也會變成大富翁。

版本二、我不用出家當和尚，在家像阿嬤吃吃早齋即OK，我還是會變成大富翁。

版本三、我還是不要住在家裡比較好，但要常唸阿彌陀佛，就像人瑞曾祖母一般虔誠，然後有穿搭不完的美衣華服、享用不完的山珍海味，大概還是一名大富翁吧。

版本四、我會變成富有的花和尚，住在別人的家白吃白喝，就像他——

版本五、不如重新驗算一次八字的兩數，這太不像我的生涯規劃。

版本六、富閔我覺得你很無聊。

其實沒那麼逗趣，因我看得認真、當真。記得那年不小心算出自己的兩數，就像上面一一事述，我不停打繞的關鍵字除了大富翁，根本是出家兩個字。十歲不到就自我斷定今生將遁入空門，該是如何能承受這份驚懼與壓力呢？我的人生畢竟剛啟程。

我想起那個暑假了，神經兮兮鏈結潛藏身心靈關於出家的線索：突然愛吃青菜，因此拒吃一個禮拜；遇到祭祀場合能逃就逃，我也開始幻想若真出家，要帶幾件衣服，紅白機遊戲大哥少了我當夥伴，他是如何能破關。

十幾年過去了，我還宅在家裡，當年一心以為心底恐懼來自於剃度吃素當和尚，我不願意，漸漸在創作與閱讀與生活的反芻路上，我才意會問題也不在當和尚，而是家，有一天我終得出家。

這又讓我想起林默娘的故事。小學三年級、等待暑假的六月期末，導師要我們攜帶課外讀物到校自修，那年父親從紡織公司帶回了一本說是朋友贈送的大書，真的是大書，比例近似於婚紗攝影集子，內文是銅版頁紙的漫畫故事，彩色刷印，書名叫《媽祖》，封面是媽祖乘風破浪裙襬撩起的身姿。

那也是父親唯一送過我的課外讀物，記得進入漫畫正文的前頁附錄，羅列介紹了臺灣各地重點媽祖廟，如一部媽祖參拜指南書。那時我就知道馬公天后宮歷史上悠久；鹿耳門的媽祖廟還分天后宮以及正統聖母廟，聖母廟隔壁是臺南小孩都去玩過的悟智樂園。

那個六七月之交，我就在教室靜靜讀起了《媽祖》，讀一名叫做林默的女孩如何賢慧於紡織、勤勉於家事；如何在颱風天來到岸邊為海上漁民擎起一盞光明燈，指引討海人避難與靠岸；如何從一平凡女子忽然被挖腳至天庭忙碌起普渡眾生的故事。前半本畫出默娘與家人互動的故事精彩極了，後半本篇幅轉向神異述事，當時讀得不十分明白，只期待下一格、下下一格漫畫會帶出默娘成人升天、上演返鄉探望父母報平安的戲齣，就像姑姑與母親不過只是北上吃頭路，偶爾還是會回家住一陣子。直至最後一頁，故事軸心仍在默娘神蹟打轉，溢出現實的記述，錯愕了留下了閱讀中的我。

「媽祖」題材自西川滿、龍瑛宗、葉石濤、陳千武以降直是臺灣文學不斷操練的題目，媽祖傳說版本殊異，也許我讀到的只是最壞的一種，可在我心中媽祖故事其實是一樁骨肉分離的慘案——可以是紡織童工成長悲劇；也可以是鄉村小妹一心出走圓夢、頭也沒回的不孝事蹟。我不在乎默娘如何升等為一代天后，在她勇敢做自己之後，留在家內那嗷嗷待哺的弟妹該如何是好呢？

這其實是阿嬤的故事了。如果當年不是她執意把將送人的小舅公藏到教室講臺底下，一肩擔負起養育弟妹的責任，她會不會早早於日人培育下在數理方面成為珠算天才，在日本時代走出自己的路；戰後說不定還能覓個小學教職，從此改寫曲折如曾文溪的生命史。

為阿嬤守喪期間，住家就在馬路旁，小舅公像巡邏員警，從早到晚機車騎過來騎過去，我被他弄得很緊張，只因有天他跑到騎樓下、板起臉孔說、「亭仔腳要有人在！不然別人送來白包、花籃袂安怎？」是有道理，可那幾天實在燒熱，燒熱到我躲進客廳將吊扇拉至最強一段兼吃芒果冰仍全身重汗。舅公最大，他大概在代替阿嬤教訓我們吧。

幾天後，他默默去做了一對花籃，說是獻給最愛的胞姊，隨後逐工攏來檢查他的天人菊開花了沒，還叮嚀我像園丁入夜要灑水、保持濕度。我輸人不輸陣，也跑去做了一對兩千元的香水百合來拚場。就這樣，小舅公和我不時如兩隻迷失蜜蜂，穿梭在喪棚下數十組公家機關送至的花圈花籃間澆水、修花、掃落葉、探頭探腦碎唸，我們兩人鬼祟模樣在路人眼中大概就像在找什麼吧？

找什麼，不就是在找心愛的大姊，親愛的阿嬤，她到底跑去哪裡了。

跑到這裡了。

哪裡？

七月初我也帶著新書稿件，匆忙搬進位在永和的中興街，將自己沒日夜鎖入文稿，靜定地複習起這幾年來的事：〈機車母親〉、〈一種位置：亭仔腳什錦事〉、〈讓我做你的猛男〉、〈人瑞學〉、〈發現阿嬤默默做的事〉……新的居所漸漸形成，新的著作一次意外出現了兩本，想到接下來新的日子我又能去做最愛的事：關在圖書館看古老史料、騎腳踏車經過你家門口，心情興奮如夜市兜售的擊鼓兔，內心簡直在開PARTY。

幾天後，離開了連續運作數日、燒燙燙的筆電，下樓至路口郵局刷簿子提神，同時慢慢逛起街來，立刻我就察覺到異狀——

中興街又名韓國街，長約三百公尺的街身，開設著各式韓國物事店面：什麼泡麵、飲料、電毯，專賣韓國進口衣飾林林總總開了三四十家——這些衣種並不陌生，是的，在我所認識的婦女族群中，她們在菜市場、夜市仔添購的服飾，熟悉的紋路、大塊的花樣、輝煌的色澤，那些穿在阿嬤身上的基本款，出貨的上游即是在中興街上。我是一間逛過了一間，心想這件姆婆好像穿過、那件姑婆姨婆應該有，那件八嬸婆也有啊，我在中興街上看見一代臺灣阿嬤的樣子，好像都不在乎撞衫哩。

阿嬤五年前生病後，便不再添購任何衣飾，或說我其實鮮少關於阿嬤買衫褲的記憶，比較有印象是小叔的婚禮，她一人又默默至黃昏市場的地攤，買回一件零碼的毫無紋飾的咖啡色外衣，因行動不便，得請託外人載她一程。我聽她形容說、她就坐在車上跟頭家比畫啊，連挑選尺寸都沒有，這件事現在想來還是十分難受。

那天阿嬤出殯回來，我們依習俗在村口的荒地燒化掉阿嬤生前相關物事，當我看見阿嬤的衣褲一件件披掛在紙糊的靈厝上時，阿嬤的死亡突然變得具體，那些衣服阿嬤在哪裡穿過？在家裡、在學校、在養護中心，是冬天、夏天還是除夕夜，我通通都記得。

如今一件都沒給跑掉，它們展示在中興街上任何一家店舖，讓我想起當初為何執意搬到這路，原來是此地早有數以千計萬計的阿嬤守護著我。

阿嬤過世後，大哥與我集資為阿嬤訂做一對要價不過兩千的百合花柱。猶記那日，午後雷陣雨一點多就落了，雨停，我撐傘獨自走向離家不遠鮮花店，一句句親自將內心臺詞朗誦給老闆娘聽。我才不要寫什麼「母儀足式」、「駕返瑤池」、「流芳千古」樣板字樣，我要乾脆俐落、清晰明白，我要寫——最親愛的阿嬤，我們永遠懷念妳！

寫作外一輯

Juppet繪

家庭聯絡簿

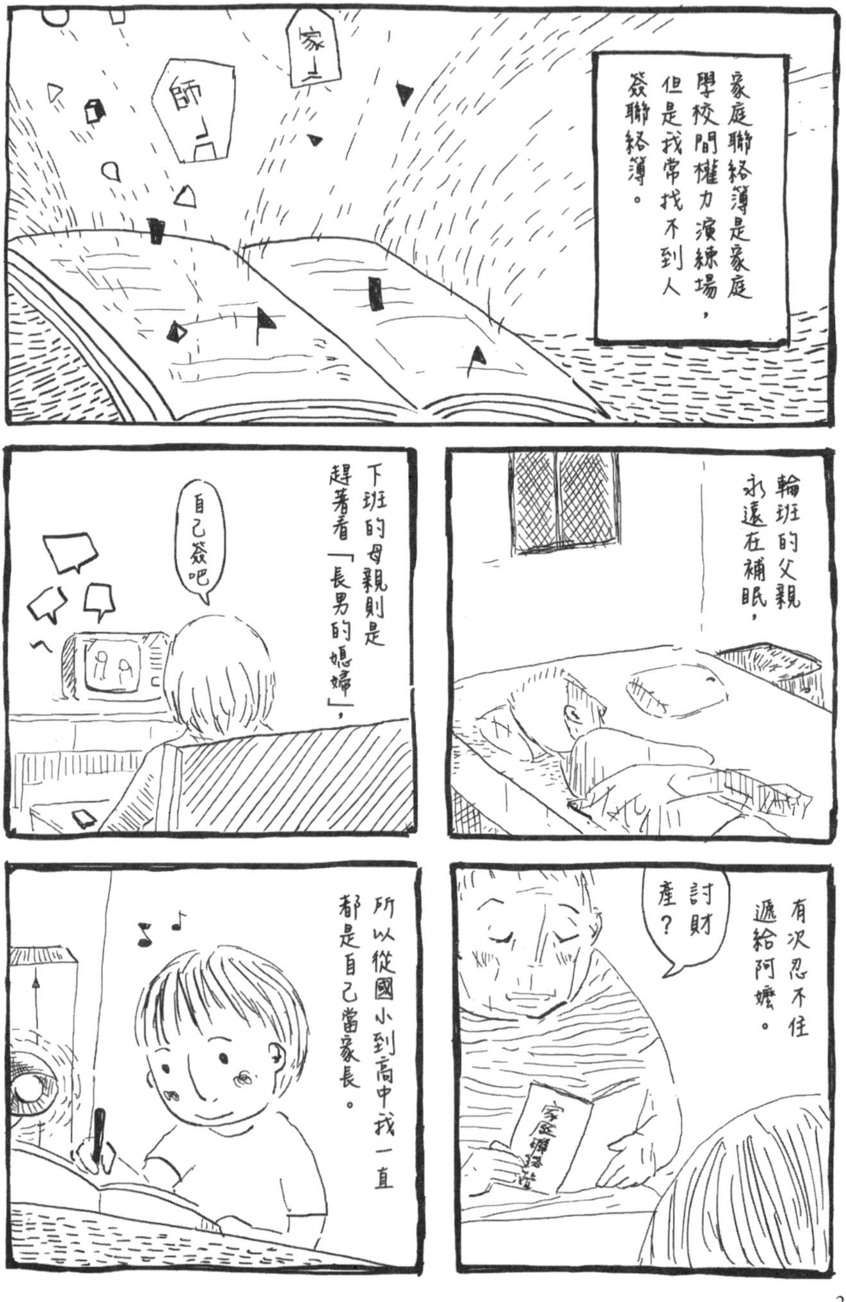
家庭聯絡簿是家庭學校間權力演練場，但是我常找不到人簽聯絡簿。
家
師
輪班的父親永遠在補眠，
下班的母親則是趕著看「長男的媳婦」，
自己簽吧
有次忍不住遞給阿嬤。
討財產？
家庭聯絡簿
所以從國小到高中我一直都是自己當家長。

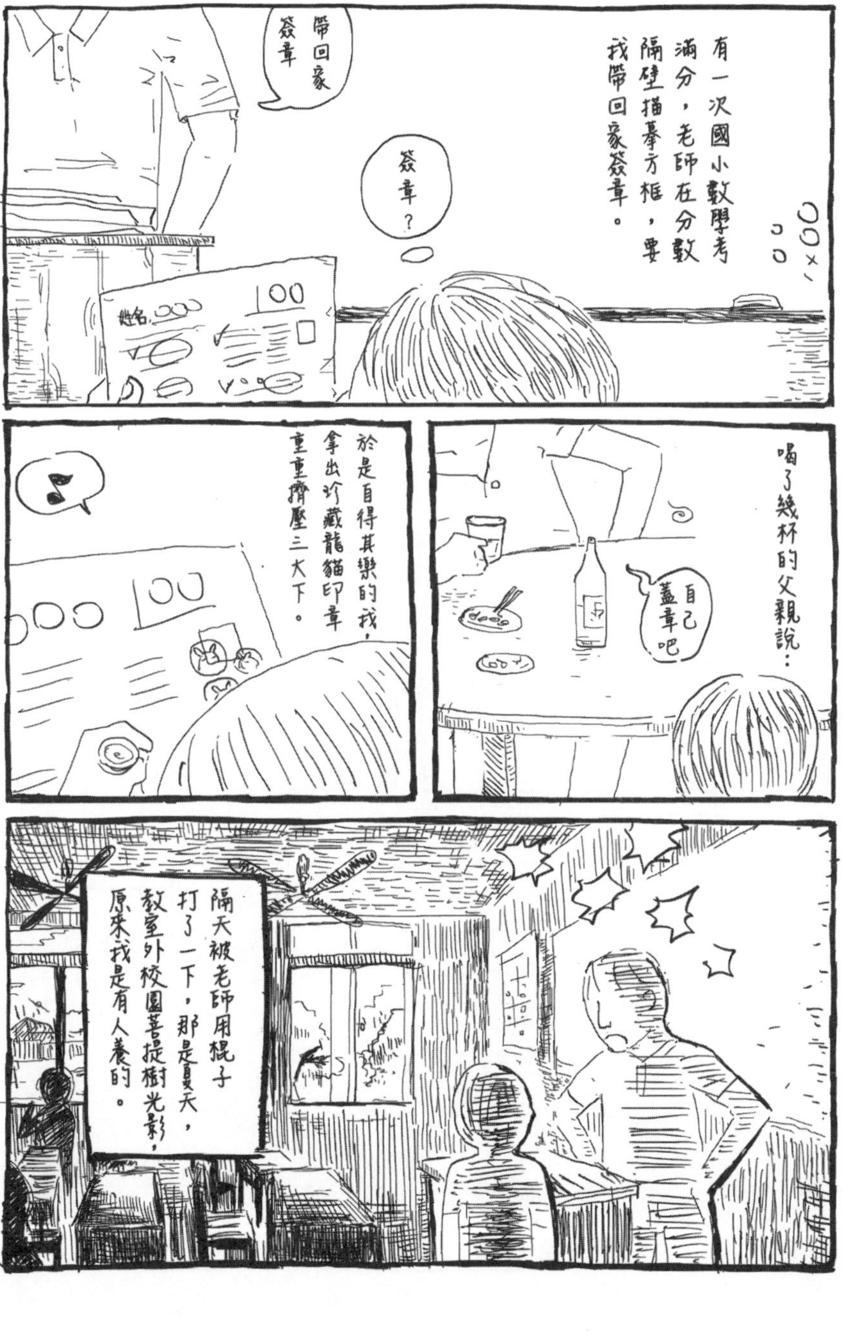

有一次國小數學考滿分，老師在分數隔壁描摹方框，要我帶回家簽章。
○○×、
○○
帶回家簽章
簽章？
姓名○○○
100
喝了幾杯的父親說：
自己蓋章吧
於是自得其樂的我，拿出珍藏龍貓印章重重擠壓三大下。
100
隔天被老師用棍子打了一下，那是夏天，教室外校園菩提樹光影，原來我是有人養的。

老樣子理髮廳

鎮上唯一一家理髮院
無名，姑讓我喚它
老樣子理髮廳。
理髮廳頭家娘
叫淑霞仔。
頭家叫財福，老是充
當我的臨時司機……
日常生活，就像一家人。
我可以說是被他們夫妻
看大的。
歡迎光臨。

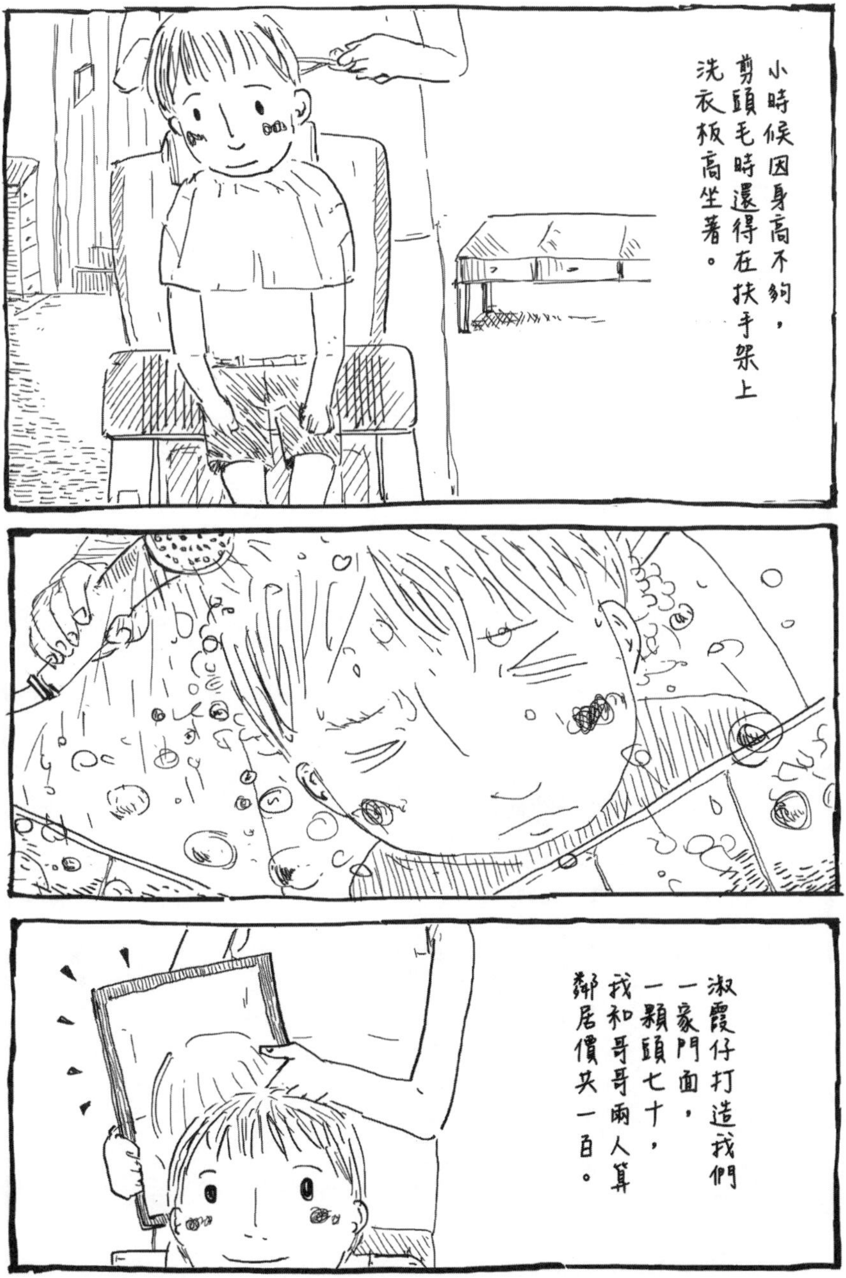
小時候因身高不夠，
剪頭毛時還得在扶手架上
洗衣板高坐著。
淑霞仔打造我們
一家門面，
一顆頭七十，
我和哥哥兩人算
鄰居價共一百。

淑霞仔髮客大宗
主要是老年人。
歡迎光臨
進來時蓬頭垢面……
剪完髮後出去重新做人。
謝謝光臨
她是一鄉鎮大舞臺的造型師！

理髮廳的故事結束於一連串災難，一九九七年一場意外帶走他們的兒子。
我想我看到新聞時嚇呆了……
……
大地震後曾祖母仙逝，告別式上我才初次看見喪子後的淑霞仔和財福。

最近回家時，
突然想請當了阿嬤的
淑霞仔幫我理髮。
因為只有淑霞仔
剪得出我的老樣子。

初版推薦語（依姓氏筆劃排序）

每拿起楊富閔的散文，總被他的文字和場景所吸引，宛如在廟口連看臺語片好幾部，眼耳中的人情世故，是大內農家，是文化煙靄，也是當代生活況味的，在他筆下全盤活現，且香辣生動。

而做為一個讀者，在這樣的人物語境中，也一邊口說臺語，也同時看著「片上中文字幕」，一種忽而典雅，忽而北管，忽而校園壁報的聲勢韻致，就是楊富閔散文獨特的迷幻語言。

讀完了整部他的新書，深覺慶幸，這個惜情的孩子，透過書寫親族的生死關情（他從小不就是這二百多口人裡最愛說話的一張嘴巴），也書寫了家鄉的史地變遷（他就還躲在這些老房子的亭仔腳，舞著竹竿發聲），更寫出了我們這二三世代，似乎經常忘記回看，或看了也記憶模糊的臺灣農村（他真的是好多阿公阿婆們臨時的孫子，而且，是很會寫的一個花甲男孩）。

——汪其楣

少年作家楊富閔文字事業才開始，不宜多說；成績斐然，不用多說。特別害羞和緊張的富閔，實是個詼諧又親切的人。他心眼極細，文學訓練比較充足，文字上擅用日常詞彙和語法來經營生活的戲謔荒唐，不會捲在漫天漫地的軟抒情裡。他勤讀文獻地誌、文學名著，寫阿嬤、父親，和廟事的數篇頗有幾分魯迅《朝花夕拾》裡的那種綿延深長。

出道甚早又常獲稱讚，富閔並沒有給才氣和名氣沖昏頭，他持續專注於一系列自己最熟悉的家厝題材，用心琢磨，細細鋪陳，實在體會，比同輩作家們多出了一分篤定和層次。鄉土卻不囚困於鄉土主義，又比傳統鄉土作家多出了趣味和發展的空間。

——李渝

這是一本新品種的懷舊散文，從後現代鄉土和文青物語的形式裂變而產生，花甲男孩楊富閔這回現身為「大內」高手，用熱筆寫出南臺灣「熱トト」的風土人情。他的宮廟地理誌、鄉村老人學、疾病與家族史，以及那些姑婆、姆婆、舅公、伯公，巴斯克林、果菜汁和電子雞……族繁不及備載的一切，都是生命中深刻而細微的體驗。藉由活潑多變的語言風格和高明的說故事技巧，楊富閔鋪陳了個人的心靈小史，也帶領讀者更深入探觸臺灣庶民生活的底層，聞嗅那股和命運周旋到底，可以暫時低頭卻永不放棄的，有如老樟櫝的樟腦味——那正是臺灣人旺盛的生命力。

——洪淑苓

這是一本很特殊的家族書寫，作者不僅反覆再三的向自己的記憶深處挖掘，更能參照臺灣文學、文化相關的史料知識，追索的不只是家族的種種悲劇或創生的源流，其實同時更是以「大內」為中心的鄉土誌與以媽祖信仰為中心的風俗誌，以及二者重疊的在現代化衝激下的發展與衍變，等於是以切身體驗所呈現的臺灣南部鄉土的發達與興衰史。

本書以戲劇性的文筆，時而夾雜以族人的母語告白，充分表現了族人的，似乎不免於愚拙滑稽但卻是真誠善良的性情，在頻近黑色喜劇的幽默敘述裡，其實飽涵憐愛與疼惜的款款深情，因而雖是篇分多章，近於散列無序，古來即有的「夢憶」、「夢尋」等書寫，但卻是一本搖曳多姿，感動人心的「自傳」，因為篇篇皆有我在，事事皆染愛的色彩，值得玩味再三。

——柯慶明

楊富閔筆下的鄉土，宛如一場又一場光怪陸離的夢境，但竟又如此的真切有力，直逼目前，讓人不禁恍然大悟，原來富閔道出了臺灣社會底層最魅惑迷人之處，早已非「魔幻寫實」四字可以形容，因為它自有一股穿越現實與夢境的魔法，肅穆，荒謬，搞笑，悲傷，渾然天成，而這正是臺灣人原汁原味的真性情。

——郝譽翔

楊富閔以敏銳而飽含情感的文學技藝，加上客觀知性的學術訓練，以家族史為中心，巧妙地融鑄鄉間風俗、庶民生活實況、歷史風土、天災人禍、宗教信仰、生死觀、廟厝建築、農產經濟、科技新風潮等等臺灣鄉間習以為常的繁複細節，塑造出新一代的鄉土文學風貌：即以年輕輩的眼光去重新理解家族長輩的諸多言行與悲歡，筆下流露溫暖與體諒，而非冷漠與批判；以學術研究的眼光去上溯臺灣傳統文學、文獻與鄉土的緊密關聯，展現出歷史一貫的傳承感與自信心，而非悲情自抑或認同焦慮，甚至自我歷史扭曲斷裂；又以現代的眼光去察看鄉間真正的變與不變之處，重新省視自我乃至於家人、鄉人的本色與美好，而非一味貶損與嘲弄。

這是一本年輕而活潑的鄉土文學誌，楊富閔穩穩接下前輩鄉土作家的棒子，刻劃出獨屬臺灣鄉間的九〇年代，——前有先輩，他是來者。

——張輝誠

沒來過鄉間的臺南，不算真的認識臺南。來自臺南大內區的楊富閔，年紀雖輕，卻寫出臺南土的黏、臺南人的親。沒來過臺南鄉間，讀他的書可以稍稍彌補缺憾；讀過他的書，就更要來臺南鄉間走走，感受土地的厚度、人情的溫度。

——賴清德

我的媽媽欠栽培：解嚴後臺灣囝仔心靈小史 2

國家圖書館出版品預行編目（CIP）資料

我的媽媽欠栽培：解嚴後臺灣囝仔心靈小史 . 2 ／ 楊富閔著 . -- 增訂新版 . -- 臺北市：九歌 , 2019.05
256 面；14.8×21 公分 . --（楊富閔作品集；5）
ISBN 978-986-450-242-4（平裝）
855　　108004494

作　　者——楊富閔
創 辦 人——蔡文甫
發 行 人——蔡澤玉
出　　版——九歌出版社有限公司
臺北市 105 八德路 3 段 12 巷 57 弄 40 號
電話／ 02-25776564・傳真／ 02-25789205
郵政劃撥／ 0112295-1

九歌文學網　www.chiuko.com.tw

排　　版——綠貝殼資訊有限公司
印　　刷——晨捷印製股份有限公司
法律顧問——龍躍天律師・蕭雄淋律師・董安丹律師
初　　版——2013 年 9 月
增訂新版——2019 年 5 月
定　　價——320 元
書　　號——0111605
I S B N——978-986-450-242-4